Kaidan Kanojo

怪談彼女

～座敷童子～

3

TOWAZUKI SHINGO
永遠月心悟
イラスト：ミウラタダヒロ
MIURA TADAHIRO

✕ character profile

人物紹介

斉藤槍牙《さいとうそうが》

鷹夏《たかなつ》中学校1年。存在しないものをこの世に定着させる『最悪器官《さいあくきかん》』。

黒川夢乃《くろかわゆめの》

槍牙の幼馴染で同級生。槍牙無しでは存在できない『怪異』である。異常な愛情を槍牙に向ける。

野波小百合《のなみさゆり》

槍牙たちと同じクラス。怪異を滅ぼすための組織『殲《せん》』の一員である。いつもあやとりをしている。ツッコミ担当。

Kaidan Kanojo

黒川灯《くろかわともり》

夢乃の父親。『殲』の中でも上位であり、
大きな権威を持っている。娘を愛し、守るため、
今回はある決断をする。

化野詠《あだしのよみ》

槍牙たちが出会った子ども。
何か特殊な力を有しているらしいが……。

水戸麒一郎《みときいちろう》

戦後最高と謳われる結界術の達人であり、
詠の保護者。物腰柔らかな男である。

Kaidan Kanojo

怪談彼女 ③

～座敷童子～

CONTENTS

壊すばかりの彼と教えられない先生

序章

「大学はどうでしょうか、灯《とも》くん」

「先生、今日だけでもう十回ぐらい同じことを尋ねています」

話題がないなら無理して喋《しゃべ》らなければいいのに。冷《さ》めた気持ちを抱《いだ》くも、先生は苦笑《にがわら》いを浮かべながら、何か話の種はないかと思案するように頭をかく。

先生と二人きりで歩いている道には、人の気配はない。獣《けもの》が出たら危ないからと家族から日本刀を持たされているが、この寒さでは熊も出ないだろう。ムートンコートにジーンズという動きやすい服装で来たが、もっと厚着にしても良かったかもしれない。

十二月の山奥ともなれば、雪も降りつもる。滑《すべ》らないように慎重に足を運んだ。

ぎゅっ、ぎゅっ、と雪を踏みしめる音だけでは寂《さび》しいのか、先生はまた口を開く。

「あんなに小さかった灯くんがもう大学生で、しかも結婚したなんてねえ」

黒川《くろかわ》家も安泰だ、と先生が笑う。大学生になるや否《いな》やすぐに入籍することには反対の声もあったけれど、こうして祝ってもらえると素直に嬉《うれ》しかった。

「先生と出会ったのは、小学生のときでしたっけね」

「君はカッターナイフ一本で、怪異を倒していました」

その話題を選んだのか、と思って息を吐く。白くなって空中に消えた。

「怪異を倒すこと。壊すこと。殺すこと。それ以外の技も、身につけてほしかったです」

「……結界術は先生の十八番《おはこ》でしょうけどね。俺には性《しょう》に合いません」

「そんなことはありません。どちらも『意志』の力が大事になりますから」

怪異――人の強い感情が寄り集まってできた、科学の埒外《らちがい》にいる存在。

本来ならば物理攻撃など効かない、そのくせ人に害をなすことの多い彼奴《きやつ》らを倒すのに使われるのは霊感と『意志』だ。霊感は生まれつきのもので、『意志』を身につけるには訓練が要《い》る。

俺が選んだのは「斬《ざん》」という『意志』だ。目の前に亡霊だろうとてけてけだろうと口裂け女だろうと、現れたら刃物で一閃《いっせん》する。『意志』が強ければ怪異は消え、弱ければ弾《はじ》かれる。世の中の霊能力者には、その『意志』の力を強めるために儀式をおこない、特別な道具を用い、祝詞《のりと》や経文を唱《とな》える者も多い。その手間がない分、俺は怪異を倒すことに長《た》けている。

対して先生は、守ることに特化している。「防《ぼう》」という『意志』は守るものがあればあるほど強力で、いかなるものもその境界線を突破させない。結界術を極めるのには、相性のいい『意志』の形だった。

「君ほどの天才に、後を継《つ》いでもらいたかった」

「簡単な技なら先生に習いましたよ。少なくとも、うちの神社を守れる程度には」

「鷹夏《たかなつ》神社に現れる怪異もいないでしょうけれどもね。あなたとお父様の二人がいては、鬼も逃げますよ」

獣道を進む。道のない道は雪におおわれていて音を吸い、時折どこかの木から雪が落ちる衝撃が鈍《にぶ》く伝わってきた。

「この奥です。頑張ってください、灯くん」

「頑張るってほどじゃないですよ。先生こそ、還暦が近いんですから」

はっはっは、と空笑《からわら》いを響かせる彼に導かれ、そこへ到着した。

旅館の離れを連想させるぐらいの大きさの庵《いおり》がある。祠《ほこら》らしい体裁《ていさい》を保っているところもあるが、人が住めるようにしてあるのだと思う。バスに三十分もゆられた上、さらに数時間も歩いたところに誰が住んでいるというのか。

いや、人ならざるものならば、あるいは。

「私が死んだら、君に彼女のことを頼みたいんです。だからまだ、私の体の動くうちにここへ案内したんですよ。灯くん」

「彼女、というのは？」

俺はひっそりとしている。中に誰かいるようには思えなかった。先生が結界を張って、その気配すら外に出ないようにしているのだろう。いくら霊感を働かせても、気配の尻尾《しっぽ》すらつかめない。さすがに先生の結界だと、内心でこっそり舌を巻いた。

先生は振り向いて笑った。

「座敷童子《ざしきわらし》ですよ。幸福を運ぶ、小さな小さな女の子がね、ここにはいるんですよ」

怪異を望む彼と秋の旅行

第一章

少しゆれの激しい一両電車の中には、ほとんど客はいなかった。俺——斉藤槍牙《さいとうそうが》と、幼馴染《おさななじみ》の黒川夢乃《くろかわゆめの》、そしてクラスメイトの野波小百合《のなみさゆり》さんしかいない。

「二人きりね、槍牙くん」

「黒川、お前は一度算数の勉強をしてこい」

どこをどう数えても三人いる。無視された野波さんは隣のボックス席でつまらなそうに窓の外を見ていて、何も言わなかった。手だけが学校にいるときのようにあやとりの糸を器用に操っている。心の中だけで、俺は彼女にそっと謝罪を送る。

九月の連休を利用した旅行だった。中学生だけというのはやや学校から渋い顔をされそうだが、保護者の許可は得ているので問題ない。四回も乗り継ぎをし、かれこれ三時間は電車に乗っているがまだ目的地には着かない。窓から見える景色も、建物より田畑や森が多い。

時縣村《ときかけ》の中の、さらに山に分け入ったところへ俺たちは向かう。

そこにある集落には、地図で見る限り名前はない。

「ねえねえ槍牙くん。そんな難しい顔をしてどうしたの？　新婚旅行なんだからもっと明るい顔で新婦を構ってくれないと、マリッジブルーなのかと疑ってしまうわ」

「新婚旅行でもないし新婦もいないしマリッジブルーでもない」

俺を窓際へと追いやるように黒川が身を寄せてくる。その顔立ちは途轍《とてつ》もなく整っており、美人だ。やや目がぎらついていて意地悪そうな笑《え》みを浮かべているが、たいていの男は一度ぐらい目を奪われることだろう。座っているからわかりにくいが、スタイルだって学校の女子が「うらやましいよね」と口々に言い合っているぐらい、出るところが出て引っこむところが引っこんでいる。細身で上背《うわぜい》もあるほうだ。

ただしさっきから話している内容からわかる通り、中身が残念だ。

幼馴染の俺のことをやたらと好きだの愛しているだのと言い、つきまとい、からみつき、異常な愛情を向けてくる。いまは周囲に人がいないからいいが、家の最寄り駅を出立《しゅったつ》したときから酷《ひど》かった。ところかまわず、人目もはばからずに抱きついてきては「今夜こそ子づくりしましょうね」「このままどこまでもどこまでも、二人きりで逃避行したいわ」と口走り、周囲をどん引かせていた。

どうして「旅行＝新婚旅行」という図式を常識のように語るんだろうか。

黒川のいまの服装は、肩の露出した服に革《かわ》の首輪、シルバーの指輪で装飾したものだ。スカートではなくパンツルックである。すぐそばにあるスーツケース二つにも、ゴシック系、ロリータ系、ゴスロリ系、名前は最近知ったけれどスチームパンク系の服が詰めこまれているに違いない。キャスターつきのものなので、転がっていかないようにストラップで肘《ひじ》かけに固定してある。いつも持ち歩いている改造日傘《ひがさ》はスーツケースにくくり付けられており、両手の空いている黒川は俺の体をとらえて離さなかった。

「おかしいわねえ。灯《ともり》からは槍牙くんがどうしても新婚旅行に行きたいから、是非《ぜひ》行ってきなよと告げられたのに」

「言ってないだろ。絶対に言ってないだろ」

「怪異を連れてこい、と言われていたはずですね」

窓の外から視線を動かさないまま、野波さんが言った。ふん、と黒川が鼻を鳴らす。

ちなみに灯というのは黒川の父親だ。俺たちが住む鷹夏《たかなつ》市に唯一ある神社の神主《かんぬし》で、実力高い霊能力者でもある。彼の彫《ほ》りの深い顔立ちを思い浮かべ、つい先日交《か》わした会話を思い出す。

「ようやく落ちついた。話を進めようか」

灯さんが俺を呼び出してそう告げたのは、夏休みが終わって一週間後のことだった。

夏休みの終わった日、俺は灯さんにある秘密を打ち明けた。それは黒川に関することだ。

黒川の左腕には龍《りゅう》の刺青《いれずみ》のようなものがある。それは刺青なんかではなく『黒龍《こくりゅう》』という名の呪《のろ》いで、怪異と呼ばれる存在と戦うことができる力を黒川に与えている。反面、デメリットとして彼女は『黒龍』を身に宿すことで、その存在は怪異と同じものとなった。放っておけば徐々に存在が薄れていき、やがては消えてしまう。とはいえ、それについては現在ある方法で対策済だ。

問題は、『黒龍』にはまだ秘密があったということだ。

黒川夢乃は、呪いを身に宿してから十年後に死ぬ。

すなわち、いまから二年後の夏祭りの日に。

俺は夏休みの間、どうしたら呪いがとけるのか、つてを頼って方法を探した。しかしそう簡単に見つかるはずもなく、二学期を迎えて俺は灯さんに相談したのだ。もちろん、『黒龍』の秘密について俺の知っていることを打ち明けた。

それからすぐ、灯さんは一週間も閉じこもった。家族でもない俺には、どれだけ荒れたのかわからない。それでもこうして俺を呼び出して話をしてくれたのならば、持ち直してくれたということだろう。

俺と灯さんは、黒川家でもっとも小さい客間で密談を交《か》わす。

「『黒龍』を外《はず》すことに五年、俺たちは費やした。そして、あきらめた」

「……外せなかったんですね」

外せるものならやっているだろう。うん、と灯さんはうなずく。

「だが、夢乃の死が間近に近づいているということがわかれば話は違う。槍牙くん。夏休み中、零子《れいこ》を使って色々と調べていたんだよね？」

零子さんというのは、黒川が『黒龍』を宿したときその場にいた、口裂け女と呼ばれる怪異だ。寿命のことも彼女から聞いたし、夏休み中、ずっと協力してもらっていたのだ。

「それで、いい外し方は見つかったのかい？」

「零子さんのつてでは見つかりませんでした」

だろうね、と灯さんがつぶやく。

「俺たちは三年前までありとあらゆる手を尽くした。しかし、見つからなかった。いまさら探したって結果はさして変わらないだろう」

俺はうなずく。灯さんは『殲《せん》』と呼ばれる霊能力者集団を束《たば》ねるリーダーだ。それだけのプロが探し回って見つからなかったものを、俺はやみくもに漁《あさ》っていただけだ。

簡単に発見できるはずがなかった。

「二年以内……時間のかかるものは試している余裕がないね」

「時間がかからなければ、思い当たるものがあるんですか？」

うーん、とうなって灯さんは頭をかく。その態度から察するに、使いたくない、あるいは使うことで何か悪いことが起こる手なのだろう。

少しだけ間を置き、灯さんが口を開いた。

「とんでもない確率の、言ってみれば奇跡でも引き起こさないと成功しない芸当なんだけれどもね……でも方法としてはあるんだよ。何度も試した。ただ、全員がつらい思いをした」

「……何を、したんですか？」

灯さんの顔が伏せられ、眼光だけがぎらついて俺を射抜いた。

「夢乃の左腕を切り落とした。明神《みょうじん》に治療してもらって、何度も何度もね」

明神、というのは『殲』所属の医師だ。手を当てているだけでどんな大怪我《おおけが》もすぐに治せる特殊な能力を持っており、俺も数回お世話になった。

「……それで、どうなったんですか？」

「どうにもならなかった。奴《やつ》は腕を完全に切り離すより速く動き、夢乃の胸や腹なんかに移動していた。不意を突いても、龍の鼻先だけでも夢乃の体に移動してしまえばもう失敗だったんだ。夢乃の腕に龍の全身がある状態で切り離さなくては、奴はすぐ復活する」

「じゃあ、ダメなんですか？」

「切り離す、っていう考え方は悪くないはずだ。『黒龍』が油断したタイミングにぴったり最速の一閃《いっせん》を放てば、奴が移動する前に完全に夢乃から切り離せる。だからこっちの集中力と運がものを言うんだ」

運。それほどあやふやで、しかし味方につけば強力なものもない。

「でも運をどうにかできるなんてこと、あり得るんですか？」

「あるよ。そのために今日、君を呼び出したんだ」

灯さんはそう言って、一枚の地図を俺によこした。県外の地図のようだ。これが？　と尋ねると灯さんは笑った。

「その丸をつけたところに、運を操る怪異がいるんだ。君にその怪異を連れてきてもらいたい」

「……え、俺が？」

俺には霊能力なんてない。

でも、一つだけ力がある。

『最悪器官』と呼ばれるその力は、見聞きした怪談に登場する怪異を現実のものとし、恐怖を覚えた怪異を実在させてしまう力だ。能力は調整できない。だから黒川は何年もの間、俺がそういうものに触れないようにつきまとい、俺を管理してきたのだ。

……半分ぐらい黒川自身の趣味が入っている気もするが、まあ置いておいて。

そして同時に、俺のこの力により、黒川にかかる呪い――徐々に存在を薄くしてしまうという呪いを軽減している。二十四時間以上離れさえしなければ、黒川の存在は俺の最悪器官がとらえて現実のものにするからだ。

『黒龍』によりほぼ怪異と化している黒川が存在していられるのは、俺の力だった。

とはいえ、俺にそれ以外の力はない。怪異を連れてくるなんていうミッションを果たせるほど、スキルもポテンシャルもなかった。

「灯さん。もしかして、最悪器官がその怪異を作りだしてしまったから責任を取れ、っていうことですか？」

いまから八年前、俺の最悪器官は暴走した。たくさんの怪談を読んでしまい、数多《あまた》の怪異をこの世界に顕現《けんげん》させてしまったのだ。そのほとんどは退治され、いまはもういない。だがごくまれに、存在しているものもいるのだ。たとえば、零子さんのように。

ああ、いや、と灯さんは手を振ってそれを否定した。

「君が生まれる前からいる怪異だ。俺も会ったのは一度しかない」

「……そういう怪異もいるんですね。でも、なんで俺が？」

「七年前、今回の方法を試すべく、その怪異に協力を仰《あお》ぎに行ったんだよ。でもね、会えなかった」

どうしてですか、という言葉より早く灯さんが答える。

「そこには結界が張ってあったんだ。それも、俺じゃあ破れないほど強力な結界だ」

結界、という単語はこれまで何度か聞いてきた。怪異がらみの見えない壁、というざっくりとした認識だが、おおよそ間違ってもいないだろう。

しかし、そんなもの俺だって外せない。そう苦言を呈《てい》すと、灯さんは指を一本立てた。

「一つだけ、その結界に条件があるのがわかった。こっちも霊能力者だしね。そういうのはわかるんだ」

「どういう条件なんですか？」

「十五歳以下の人間ならば、入ることができる」

「……なんで十五歳以下なら入れるんですか？」

「結界を施《ほどこ》した人間が、そう調整したんだろうね。それぐらいのことはできるよ」

ちょうど理科の授業でろ過装置を使った実験をしたばかりだったので、なんとなく理解した。その結界を越えることができるものと、できないものがある。

そして俺は、その越えられる条件を満たしているわけだ。

「でも、その条件なら俺じゃなくても……」

「『殲』の霊能力者の中で、乙《おつ》以上の位階《いかい》に属して十五歳以下の人間は二人しかいない」

位階、というのは『殲』の中につけられたランクのことだ。たいていは強さが基準となっているが、能力のレアリティでも変わる。甲乙丙丁《こうおつへいてい》の中にそれぞれ上中下で区切った十二区分のうち、半分より上に属している者の中から十五歳以下の者を選別したのだろう。

まあ、おおよそ誰かはわかるんだけれども。

「夢乃と野波小百合さん。この二人に行ってもらう。ということは、まあ夢乃と二十四時間以上離れられない君にも行ってもらうことになるわけだ」

「……その『運を操る怪異』っていうのを連れてくればいいんですよね？」

零子さんみたいに話の通じる（あとできれば零子さんと違って迷惑かけてこない）人ならいいんだけれど。淡い期待を抱《いだ》きながら尋ねた問いに、灯さんはうなずいた。

「夢乃たちがちゃんとわかるからね。まあ、君は夢乃を守ってくれ。それだけだ」

不安がないとは言わない。けれど、何よりもまず期待が上回った。

黒川の呪いを外せる。夏休みの始めに思っていた、「呪いのない黒川は可愛《かわい》いだろうな」なんていう思いよりずっと強い覚悟を持って、俺はこの依頼を受けた。

れろ、と生温かい粘液まみれのものが俺のほほをなでた。一気に首筋まで鳥肌が立ち、俺は振り向く。ふふ、と黒川がイタズラをしたような顔で舌を出していた。

「あんまりぼーっとしているから食べていいのかと思っちゃった」

「……いいからハンカチをよこせ」

物思いにふけっていたため、黒川が俺の顔を舐《な》めたらしい。犬かお前は。

犬なら笑顔で許せるのに、いまいちこいつだと許したいとは思えない。

「そこ、公共の場でのマナーぐらいわきまえてくださいね」

厳しい声を発したのは野波さんだ。彼女は長ズボンに長袖《ながそで》のシャツ、そしてタクティカルベストを着こんでいる。非常に動きやすそうな服装で、荷物も黒川と違ってスーツケースなどではなくリュックサックに収めていた。ぴったりと体にフィットするサックで、激しい動きをしても邪魔にはならないだろう。少し伸びた髪も縛《しば》っていた。

旅行気分の黒川と違い、本格的に任務を遂行しに来た、という感じだった。

ふん、と不機嫌《ふきげん》そうに黒川が鼻を鳴らす。

「嫉妬《しっと》は見苦しいわよ、平賀《ひらが》。私と槍牙くんのようなベストカップルを目指すのなら、まずはいい男を見つけなくちゃ。もちろん、槍牙くんよりいい男なんていないけどね」

平賀、というのは野波さんの旧姓だ。八年前に最悪器官が暴走したとき、彼女の家族は怪異に殺された。それから養子となり名字は変わったが、黒川だけはいまも旧姓で呼ぶ。

黒川のふざけた挑発にも乗らず、野波さんは黙々とあやとりを続けた。

彼女は糸を使って霊能力を発揮するので、指の訓練も兼ねているのだろう。

ねえ槍牙くぅん、と黒川が甘えた声で寝転び、すりすりと俺の太ももにほほをすりつけた。どう控え目に見ても膝枕《ひざまくら》だ。勝手に何をしているんだこいつは。

「旅行といえばトランプよね？　やらないのかしら？」

目的地まではまだまだ時間がある。その上、微妙に電車が遅延気味で走っているのだ。それもいいかなと思い、俺は野波さんに声をかけた。

「野波さん、トランプやる？」

「いいですね。やりましょうかね」

トランプは嫌いじゃないようで、野波さんはせっかく綺麗《きれい》なホウキの形をつくったあやとりをしまう。普段、学校ではこういう遊びもできないせいだろうか、小さい子どもが好物にかぶりつくような印象を受ける。

こちらのボックス席に来て俺たちの正面にちょこんと座った野波さんへと、黒川が悪態をついた。

「どうしてあなたが参戦するのかしらね？　ぶっ飛ばすわよ？」

「あなたの旦那《だんな》が誘ったんですね」

ねえ野波さん。ナチュラルに俺を旦那認定しないで。

しかしその単語に気を良くしたところがあるのか、黒川はそれ以上つっかからなかった。

「そうだわ、私と槍牙くん二人でババ抜きしましょう。私が勝ったら槍牙くんは私の言うことをなんでも一つ聞くの。そして槍牙くんが勝ったら私をめとってくれる、というのは？」

それどっちも俺の負けじゃねえか？

「罰《ばつ》ゲームありはいいですね。最下位は一位の人の言うことを聞くとかいいと思いますね」

野波さんまでそんなことを言う。まあいいやと思って俺はトランプを取り出した。黒川が俺に持たせたものだ。新品なので使いやすい。

よく切ってからカードを配る。テーブルはないが野波さんの隣の座席に札を捨てる。野波さんが四枚、黒川が三枚、俺が六枚という手札の残り方だ。なお俺の手札はA、３、６、J、Q、そしてジョーカーである。

「時計回りでいいですね。一番枚数の多い人から引けばいいですかね」

つまり俺か。野波さんの手札からJを引き、手札を捨てる。黒川に手札を向けた。

「こんなに手札の枚数が多くて、可哀想《かわいそう》な槍牙くん。ええ、大丈夫よ。平賀なんぞに一位は取らせないから。槍牙くんが負けても私の願い事を聞くだけよ。ふふ、ふふふふ、うふふふふふ」

目がらんらんと輝いている。怖い。こんな奴《やつ》の願い事など聞きたくない。っていうかお前、俺がジョーカー持っている前提で話しているだろ。持っているけど。

野波さんが薄目になって「ブラフでなければジョーカーは最悪器官が持っているんですね」と冷静に分析していた。トランプ遊びのはずなのにこの二人の本気度が嫌だ。

黒川があっさりとAを持っていき、手札を捨てる。これで黒川の手札は残り二枚となった。野波さんがその内の片方を引き――

「……ちっ！」

顔を歪《ゆが》めて舌打ちをした。あの、野波さん。その表情は女子としてアウトだと思う。四枚になった手札をずいっとこちらに向けるので、俺はそこから7を引いた。

……うわ、ペアがねえ。

「槍牙くんってば、そんなにあるのにペアが引けなかったのね。可哀想に」

「可哀想にって言っているわりに表情にやにやしているぞお前」

「いえ、勝ったら槍牙くんに何をお願いしようかと悩んでいるのよ」

「なるべく普通のお願いとかにしてくれ。肩をもむとか、モノマネをするとか」

「じゃあ『胸をもみながら私に卑猥《ひわい》なお願い事をする槍牙くんのモノマネ』がいいわね」

「それ、普通じゃないから」

黒川が俺の引いたばかりの7を持っていき、あがりとなった。これで命令権は黒川にある。ちら、と正面を見る。野波さんが透かして見ようとするような視線を俺のカードに向けていた。念のため、尋ねてみた。

「ねえ、野波さん。あの、わざと手を抜いてくれるとかそういうことは……」

「ありませんね。私が三位になったらこのバカ女、そこの窓から飛び降りろとか言いそうですからね」

「あら、よくわきまえているじゃない。そうよ、いますぐにでもその窓から飛び降りなさい。いいえ、それで死体が四散したら槍牙くんの目にも触れてしまうから、普通に次の駅で降りてくれればいいのよ。私の槍牙くんの脳裏に強く残らないで」

さっきから何度も駅に停車しているのだが、乗ってくる人の気配がない。本当に連休中かと疑いたくなるほどに、この路線は利用する人が少なかった。

さておき、ここで負けたら俺が黒川の言うことを聞く羽目になる。

「野波さんお願い。俺を助けて。胸もみとかさせる気なんだよ、こいつ」

「胸でも尻でも、もませてもらえばいいですね。ついでにほほを舐められた分、足でも舐めさせてもらったらいかがですかね」

「あら、名案ね。ふふふ、槍牙くんへの願い事が増えちゃうわ」

うっとりとした声で涎《よだれ》を垂らしている黒川。こいつの言いなりにはなりたくない。

「いいですから、さっさと引いてくださいね」

責められ、俺は3を引いた。ペアを捨てる。残るは6とQとジョーカーとなる。俺はカードを素早くシャッフルしながら、どうにか野波さんにジョーカーを引き取ってもらえないかと考える。

……運だよなあ。

そういえば「運を操る怪異」だったな。鷹夏市へ来てもらわなくてはならない怪異は。

「はい、これであがりですね」

あっさりと俺の手から6のカードを抜き取り、手札を捨てる。野波さんが持つ最後の一枚を、俺が引くことになる。視界の端で黒川がガッツポーズを取っていたが、見ないようにしよう。

ちなみにこの後、さらに黒川に二回、野波さんにも一回負けてしまったため、計四回分も罰ゲームとして願いを聞く羽目になってしまった。

……運を操る怪異とやらに、早く会いたいものである。

電車を降りてバスにも三十分乗り、さらに何時間も歩いてようやく結界のある場所へと到着した。うっそうとした森の中、落ち葉と枯れ枝のみが周囲を囲む。俺はリュックサックにトレッキングシューズだからいいが、黒川はスーツケース二つにブーツという自然をなめたいでたちである。

黒川本人に疲れた様子など少しもないが。

「確かに、結界ですね」

野波さんが断定し、黒川もふん、と鼻を鳴らしているが、俺はいまいちぴんと来ていない。いま俺たちは、木々の間に張られたしめ縄《なわ》の下を通り過ぎたところだ。おそらく、目に見える境界線としてはそれなのだろう。

ぽかんとした顔でもしていたのか、野波さんが俺に解説をしてくれた。

「しめ縄をくぐった瞬間、空気が一気に暖かくなりましたね」

「……そう?」

「気圧の違いもあるのでしょうね。耳の空気が抜けるような感覚はありましたよね？」

「いや、わからなかったけど……」

「……木の枯れた匂《にお》いが、いきなり甘い空気になったと思いますけどね」

「そう言われても」

基本的にいつも黒川から桃のような甘い匂いがしているので、本当にわからない。野波さんは額に手を当て、やれやれという感じで首を横に振った。

「鈍感男ですね。いいです、もう何も言いませんね。その超級レベルの鈍感で、死んだことにも気づかず死んでくださいね」

「いいえ、槍牙くんは私に見とれ、私に集中し、私のことばかりを考えていただけよ！結界なんぞに気を向けて私から意識をそらすわけがないもの！ね、槍牙くん？」

断じて違う。

しかし結界の境目がわからなかっただけで酷《ひど》い言われようである。もう一度体感しようと来た道を戻るつもりだったのだが、しめ縄をくぐろうとした瞬間、ごん、と空気中にいきなり壁でもできたかのようにぶつかった。あれ？　と思っていると、黒川が説明してくれる。

「この結界、外には出られないみたいね。まあ、中に術者もいるでしょうから、気にせず進みましょう。後で外《はず》してもらえるでしょうしね。どのみちこの先に宿泊施設でもないとつらいわ。槍牙くんと野宿するのもいいけれど、やっぱり新婚旅行だもの」

「駅からここまで、宿泊施設のようなものはありませんでしたね」

黒川の言った不穏な一言を、野波さんはあっさりと無視して歩《ほ》を進める。

当たり前だがホテルや旅館どころか家の一軒たりとも見つからない。かなり戻らなくては宿の手配もできない。灯さんの話通りであるならば、その怪異に宿泊ぐらいさせてもらえるらしいのだけれど。

「ところで槍牙くん。思いついたのだけれど、灯のお遣《つか》いで怪異を連れて帰るなんてお仕事、平賀だけに任せて、私たちはどこかその辺《あた》りで愛の巣でもつくりましょう」

「……黒川、ちょっと黙っていろ」

山の中であまり冗談を聞いていたくない。

黒川には、何のために怪異を連れて帰らなくてはならないのかまで伝えていなかった。灯さんが必要としているんだ、ぐらいの説明だったはずである。旅行というだけで浮かれているようだが、仕事は忘れていなかったらしい。

一方の野波さんも似たり寄ったりの事情しか聞いていない。黒川の呪《のろ》いについては俺と灯さんとの秘密なのだ。野波さんは文句も言わず、黙々と山歩きにも適していそうな少しごついスニーカーで落ち葉を踏んで進んでいく。

灯さんからは地図を預かっているが、実際にトレッキングやオリエンテーリングを経験しているわけではないので、こうまで深い森の中となると俺にはちょっとわからない。野波さんは山に入ったことも多いらしく、黒川の野性的勘の鋭さもあるのでよほど二人のほうが頼りになることは察していた。

というわけで、ここまで何も考えずに歩いてきたわけだが。

「……平賀。わかったことがあるなら言ってちょうだい」

「……その言い方からすると、あなたも感づいているようですけれどもね」

黒川と野波さんが少し固い声で応じあう。野波さんが振りかえり、小さくこぼした。

「遭難しましたね」

……え？


「マップのアプリも使えなければ、衛星から撮影した写真もない。地図だってもう使いものにならないわ。地形が変わりすぎている」

「地形が変わりすぎているって、そんなことあるのか？」

「重機を持ってきていじくり回せばあり得なくもないけれど……そんなものが入る場所が

あるとは思えないわね」

木々の入り組んでいるこの森を抜けて大型のショベルカーやダンプなどが入ってきたとは、確かに思えない。ちっ、と舌打ちをして野波さんが言った。

「とりあえずこちらへ行きますね」

「え？　いや、遭難したときは動かないほうが……」

「平賀。私の勘ではこっちよ」

野波さんと黒川が勝手に動きだそうとするので慌《あわ》てて止める。暗くなってきて表情はうかがえないが、どちらも自信満々そうに言った。

「じっとしていても迎えなんて来ないんですから、動いたほうが確実ですね」

「大丈夫よ、槍牙くん。私がきっちり槍牙くんをガイドするから、もう心配いらないわ。さあ、妻に命運を託して？」

「嫌だ。足元も見えないぐらい暗くなっているし、下手《へた》に動かないほうが絶対にいい」

いつの間にか黒川と野波さんの顔は完全に見えなくなる。スマホのライトを使おうとしたら野波さんが言った。

「いま暗視ゴーグルを着けているので、ライトはやめてくださいね。まぶしくて見えなくなりますね」

俺は暗くて見えない。そう答えようとしたら黒川が不思議そうに言った。

「これぐらいならゴーグルなんて必要ないじゃない」

「お前が見えすぎるんだ」

どうやら暗さに困っているのは俺だけらしい。黒川の肩に手を置かせてもらい、はぐれないように対策を取った。

……ていうか、どうして野波さんは暗視ゴーグルなんてものを持っているのだろうか。

「さて。私は左側に下りたいのですけれどもね」

「いいえ、右方向に坂を上がるのがベストよ」

二人とも、遭難したのに動き回る気持ちを抑えないつもりらしい。救助を待ちたいという俺の希望は無視され、黒川がふふふと笑った。

「そうだわ。トランプで勝った分のお願いがまだだったわね。さあ槍牙くんはこっち、平賀はそっちへ行きなさい」

「遭難しているのにはぐれるとかバカですね。かたまって動くのが鉄則ですね」

かたまって動かないのが鉄則だと思う。

とはいえトランプの件を出されたら黒川に従うしかない。さすがに野波さんをのけ者にはしなかったけれど、右方向に坂を上がることとなった。

三人で歩く。木の根っこや盛り上がった地面に足を取られかけることも多く、触れている黒川の肩以外に頼りはない。自然、黒川に身を寄せてしまう。

「はあ……槍牙くんがこんなに力強く私を求めてくれている……やはり旅はいいわ。槍牙くんを大胆にさせるんだもの。こうなったら毎日一緒に旅行しなくちゃ……」

「うるさいですね、黒川夢乃」

熱に浮かされたようなつぶやきに野波さんが不機嫌《ふきげん》な声をあげる。黒川はなおも止まることなく「京都《きようと》へ行きたいのよねえ。でも槍牙くんは海とか好きかもしれないし、九州《きゆうしゆう》もいいわよね……いいえ、これからの時期は北海道《ほつかいどう》で美味《おい》しいものを食べたほうがいいかしら。海外も行ってみたいのよね」とぶつぶつ言い続けていた。

不意に闇《やみ》の中で、俺たち以外の声が問いかけてきた。

「あれ？　誰かそこにいるのー？」

「……槍牙くん。いま声がした気がするのだけど」

黒川が声の調子を戻して周囲を警戒したのがわかった。野波さんも動きを完全に止めているようで、物音一つしない。

否《いな》、すぐどこかの茂みががさがさと動きだす。俺たちの右斜め前方向だ。

「誰ー？　ねー、ねー」

こちらに尋ねる声は幼い。子どもか？　と思ってスマホのライトをつける。後ろにいた野波さんが「うあっ」と悲鳴をあげ、俺の尻を蹴《け》りつけてきた。

……ごめん、見えなかったんだもん。

まばゆく照らされた光の中、茂みを割ってワークキャップを被《かぶ》った少年が出てきた。

「あれ？　お姉ちゃんたち、誰？」

目深《まぶか》に帽子を被っているので顔はよく見えないが、その少年はきょとんとした様子で首をかしげた。形のいい小ぶりな耳と、細い首筋が幼さを残している。ボーダー柄《がら》のパーカーと抹茶色《まっちゃいろ》のカーゴパンツ、ハイカットのスニーカーという軽装からすると、森の中を散策し慣れているのか、あるいは近所に住む子だろうか。年齢は十歳に満たないぐらいか。やたらに警戒しているらしい黒川と、ゴーグルを外《はず》した野波さんは少年に答えない。えぇと、と俺はなるべく怖がらせないように気をつけて応じる。

「旅行に来たんだけど、迷っちゃって」

ああ！　とその少年は手を打って大きくうなずく。

「そっか、遭難しちゃったんだね！」

「い、いや、そうなんだよ」

一瞬、空気が凍った。いや、なんとなくそう答えたくなっちゃったんだよ。くだらない

Kaidan Kanojo

ダジャレだとわかっていても。

「最悪器官、ちょっと一言いいですかね」

野波さんが強張《こわば》った声を出す。どうぞ、と応じると短く言われた。

「死ね」

あんまりだと思う。黒川までもがフォローできない様子でスーツケースを置き、俺の頭を優しく何度もなでてきた。

さておき、俺は気を取り直して少年に尋ねる。

「ええっと、君はこの辺《あた》りの子かな？　もしかして、道案内とかできる？」

「うんっ、任せてよ！」

どんっ、と力強く胸を叩《たた》く彼に近づこうとすると、黒川がきつく手首をつかんで制してくる。どうした？　と小声で訊《き》くと、黒川は首を横に振る。

「怪しいとは思わないのかしら？　こんな時間に一人でうろついているなんて」

「……確かに」

見たところ懐中電灯やランタンなどは持っていないようだし、散歩にしては妙だ。こんな小さい子どもをうたぐるのは好きじゃないが、何かあるのだろうか。

とはいえ、少年が歩きだすとこちらも移動しないわけにはいかない。俺はライトをつけたまま少年についていくことにした。黒川もスーツケースを持ち上げ、三人で少年の後ろをくっついていく。

「ねえお兄ちゃん、今夜はどこに泊まるの？」

黒川と野波さんがあまり会話をしたがらないのを察したのか、少年は俺に話しかけてきた。まだ決まっていないんだよ、と教えると少年は跳びはねて笑う。

「じゃあ、うちに来なよ！　広いから三人でも三百人でも泊められるよ！」

三百人は言いすぎだろうと思ったが、その子どもっぽさが微笑《ほほえ》ましい。すぐ黒川に肩を当てられ、ゆるんだ緊張感が引きしめられた。

「槍牙くん。得体の知れない相手にふらふらくっついていくのは感心しないわよ」

「そうですね。ついていったら崖《がけ》に落とされるパターンも十分あり得ますね」

霊能力者二名が完全に警戒している。野波さんがきつい声で尋ねた。

「あなたはここで何をしていたんですかね」

「ボク？　お散歩とね、ちょっとおかずを採《と》りに来ていたの」

少年はそう言ってごそごそと腰の辺りを探る。どうやらウェストポーチをつけていたらしい。スマホのライトで照らして目をこらす。少年はそこから緑色のものを取り出し、誇らしげに見せた。

「ワラビ！　とっても美味しいんだよ！」

「ああ、山菜か！」

何度か食べたことがある。茹《ゆ》でたものにマヨネーズとしょうゆをかけて食べるのはなかなか美味しくて好物だ。俺の後ろに隠れるようにして黒川と野波さんがぼそぼそと話し合う。声音《こわね》からすると、警戒の色はなおも強いようだ。

「お兄ちゃんたち、うちに来ないの？」

少し悲しそうな声を出すその子に、俺はなるべく明るい声で応じた。

「あ、ううん。行く行く。それで、君の家は？」

「槍牙くん」と黒川がたしなめる声を出すが、俺は首を横に振った。

「警戒したって何をしたって、いま、他に取れる道があるか？」

「……要注意、ですね。いいですかね？　黒川夢乃」

「ええ。怪しい動きを見せたら容赦《ようしゃ》なくぶっ潰《つぶ》してやるわ」

遭難している身としては、少年についていくことがたった一つできることだったのだ。

少年についていくこと、十五分。

「ここまで来られればお兄ちゃんたちも大丈夫だったとは思うんだけどね」

森が開けて、俺たちは石畳《いしだたみ》を踏む。土と木の根以外のものを久しぶりに踏んだため、ほっとした。黒川のスーツケースも下ろせるし、転がして運べる。見える光景も壮観だった。シャトルランができそうなほど広い道の両端に、ずらりと家が並ぶ。窓に明かりは灯《とも》り、中の人の声が楽しげに響いていた。社会科の資料集で見た、ヨーロッパの町並みみたいな印象を受ける。

「少し行くと、もうちょっと大きい家もあるんだ。ボクの家は一番奥だよ」

少年がそう言って石畳の上をかろやかに進んでいく。黒川と野波さんは周囲の家を一軒一軒、にらむようにしながらついていった。

「なんか、雰囲気はいいよな」

「現代風の建物ですけれど、あまり日本らしい町並みじゃありませんね。まるで、子どもが箱庭でもつくったみたいな、変な感じがありますね」

「同感よ。気持ち悪いわ」

「他人様《ひとさま》の家のことを気持ち悪いとか言わない」

声をひそめるなどの遠慮や配慮のない二人である。少年に先導されて町並みの中を抜けると、丸型の大きな広場――俺の知っている一番近いものでたとえるならば、駅前のバスロータリーだろうか――に着いた。

「ここは?」

「ここはね、よくみんなが集まっている場所。いまはみんな、家の中にいるけどね」

街中にある公園みたいなものだろうか。がらんとしているとだだっ広くて寂《さび》しいが、それはいま夜で人がいないからだろうと考える。そして遠くを見やり。

それが、目に入った。

最奥にそびえる、ヨーロッパを思わせる石造《いしづく》りの城が。

「……何、あれ」

なんでこんなところに、と思わずつぶやいた感想に、少年が振り向いてすねた声を出す。

「えー、なぁに、その言い方。ボクん家《ち》だよ」

「家? 家なの?」

うんっ、と自慢げに言ってこちらにピースサインを向ける少年に、なんとか苦笑《にがわら》いで返す。まだ距離もあるのによく見えるほど大きな西洋風の城は、こんな森の中に建つものとしては冗談にしか思えなかった。うっそうとした森の中からは見えなかったし、外界からも当然目が届かない。この里に入るまで見えないようになっているのだろう。

しかし、車も入れないここにどうやってあんなものを建造したのだろうか。

「しかしいい趣味ね。あのお城だったら泊まるのには賛成よ」

「わーい！　お姉ちゃん、話がわかるー！」

黒川はお城を見てお気に召したようで、少年と珍しく意気投合した。

しばらく進んで、ようやく城の前に到着する。その間、目に見える家はどれも明かりがついており、楽しげな声を響かせていた。暗く沈んでいる家など、どこにもない。その代わり、店のようなものもなかったが。

城門と呼べばいいのだろうか、城壁には大きなアーチ型の穴が大きく口を開いていた。扉や鍵、閂《かんぬき》のようなものはない。奥は暗く、見えなかった。

「ねっ？　大きなおうちでしょ？」

自慢げに胸を反《そ》らす少年に、うん、とうなずいてあいまいに笑う。野波さんは周囲を警戒、あるいは観察しているようで特に何も返事をしない。おそらくだが、彼女は子どもが嫌いなのかもしれない。そして黒川はうっとりとした顔で城をながめており、これまた返事をしない。

まあ、衝突したり変なことを言ったりしないならいいんだ。

おいでよ、と手招きする少年に続こうとすると、黒川がはっとして言った。

「誰か来るわ」

「え？　あっ、先生だ」

少年が即断する。先生？　と思いながら入り口の奥を見ると、確かに光がゆれている。ランタンのようだ。しばらくすると、その光に照らされた人の姿も見えた。

老人だった。白髪《しらが》交じりの髪を品よくまとめ、かくしゃくとした素早い足取りで歩みよってくる。姿勢がいいせいもあってか、背も高く思えた。銀縁《ぎんぶち》の眼鏡《めがね》の奥にある目が、俺たちを見て大きく開かれる。しゃがれた声で少年に問う。

「お客人かな。詠《よみ》」

「うんっ、先生。ただいま！　山菜採《と》ってきたから、天ぷらにしてよ」

祖父と孫なのだろうか。それにしては「先生」という呼び方が妙だ。どういう関係性なのかと考えあぐねていると、老人は俺たちにぺこりと一礼した。

「どうも、お世話になりました。あなたたちは、道に迷われたのですか？」

「ええ、そうよ。そこのそいつが泊めてくれると言うからくっついてきたの」

泊めてもらおうという態度が一ミリも感じられない黒川の言葉に、老人はにっこりと笑ってうなずく。いつの間にかそばにいた野波さんが、俺の袖《そで》をそっと引いてつぶやいた。

「あのご老体なら怪異のことも知っているかもしれませんね。年寄りのほうが、こういう話や伝承に詳しいことは多いですね」

ああ、と思って向き直る。黒川も聞こえていたらしく「そうね」とうなずいた。

俺は息を吸って、吐き、言った。

「すみません、実はこの辺《あた》りには目的があって来たんです」

「どんな目的でしょうか」

ランタンの光に照らされた老人の顔は、柔和な笑《え》みのままだった。

「運を操る怪異がいると聞いたのですが」

ほう、と老人が息をつく。少年が「あっ」と叫んで、ぴょんぴょんと跳《は》ねる。

「それボクのことだよ！　お兄ちゃん、どうして知っているの？」

「……君が？」

あまり大きく動いたせいか、少年の帽子がずれる。ぱらり、と長く白い髪が垂れた。

「確かにこの子――詠は、そういう怪異ですな。ただし、人工的につくられた怪異です」

詠と呼ばれた少年……いや。

ワークキャップを外《はず》して長い髪を宙に舞わせた少女は、にっこりと愛らしく笑った。

「ボクが座敷童子《ざしきわらし》。運を操る怪異だよ」

ああ、と黒川が得心したような息をつき、俺にそっと耳打ちをした。

「なんだか槍牙くんを近づかせたくないな、と思っていたのだけれど、女だったのね」

確かに俺も男の子だと思いこんでいたけれども。

Kaidan Kanojo

さておき、俺たちはこうして目的の怪異と会うことができたのだった。

第二章

説得する彼と僧侶の巨人

「ここは化野《あだしの》集落と名づけられた場所です。十年ほど前に、私たちがつくりました」

「つくった……？」

「木々を切り拓《ひら》き、家を建てて人が住めるようにしたんです。詳しい話は、また後ほど」

城の中は広く、すべて案内するには一、二時間ほどかかると言われたので俺たちは辞した。食堂に通され、二十人ぐらいが腰かけられそうな大きいテーブルに着いた。

この城もつくったとするなら、どれだけ人手が必要だったかと気が遠くなる。

ここまで連れてきてくれた少女（ずっと少年だと思っていた、と言ったら怒られた）は子どもらしい元気な様子で立ち上がり、大きく手を挙げて俺たちに自己紹介した。

「それじゃあ改めて！　ボクの名前は化野詠《よみ》。座敷童子《ざしきわらし》っていう怪異だよ」

詠ちゃんは室内では女の子らしいワンピースを着ていた。屋内はより暖かいこともあり、健康そうに鎖骨《さこつ》や二の腕を出して白い髪を跳《は》ねまわらせている。さっきのぶかぶかの服よりもこういう服を着ていたほうが、年相応に見えて（あと性別も相応に見えて）いい。

「私は彼女のお世話をしている、水戸麒一郎《みときいちろう》と申します。この子と血縁関係はありません
が、保護者のようなものです」

品のいいロマンスグレーのお爺《じい》さんはそう名乗った。どうも、と頭を下げてから俺から
紹介を返す。

「俺は斉藤槍牙《さいとうそうが》といいます。ええっと、鷹夏市《たかなつ》っていうところから来たんですが……」

「ああ、鷹夏ですか。私も以前はよく行ったものです。知人がいたもので」

「知人、というのは黒川灯《くろかわともり》のことかしら？」

黒川が無遠慮に口を差しこむ。水戸さんは、ええ、とうなずいた。怪異と隣り合って暮
らしていることから、そっち方面の関係者だと察したのだろう。

詠ちゃんも知っているのか、「灯？」と首をかしげている。

「灯くんとも知り合いですし、彼のご両親とも知り合いです。ところでさきほど斉藤くん
が、あなたのことを『黒川』と呼びましたが……」

「娘の夢乃《ゆめの》よ」

ああ、と水戸さんはうなずいてにっこりと笑った。

「灯くんの奥様……夢《ゆめ》さん、とおっしゃいましたか。彼女によく似ています」

「似ていないわよ、あんな年寄り」

毒づく黒川だが、俺の目から見てもそっくりだと思う。

それから、と視線を向けると、野波《のなみ》さんが椅子から立ち上がり、目を奪われるほど丁寧な仕草で一礼し、自己紹介した。

「鷹夏市で中学に通っています、野波小百合《さゆり》です。糸を使って除霊をするほか、怪異と戦うことを得意としています。師匠は大徳寺《だいとくじ》刃心《しのぶ》で、黒川灯とは懇意《こんい》にしてもらっています」

……野波さんがバグった。そう思うほど彼女は優等生然としている。

「平賀《ひらが》、あんた頭打った？」

黒川が遠慮なく突っこむ。野波さんはしれっと無表情のまま応じた。

「あなたこそ頭《ず》が高いですね。地面の下まで頭を突っこんでひれ伏してくださいね」

そこの最悪も、と俺までにらまれる。黒川と顔を見合わせてアイコンタクトで「野波さん、機嫌《きげん》が悪いのかな？」「ねえ槍牙くん、ちゅーしていい？」即座にアイコンタクトをやめて、野波さんの説明を待つ。彼女は息を大きく吐いて言った。

「こちらの水戸麒一郎先生は、結界術のスペシャリストですね。戦後最高とまで呼ばれた先生の名を、たいていの霊能力者なら聞いたことがあるはずですけれどもね」

「結界術？　ええと、つまり外の結界を張ったのって……」

「はい。私が張りました」

ぺこりと一礼した水戸さんは、柔和な笑《え》みのままだ。そうか、この人ならばあの結界を外《はず》せるのか。しかし、野波さんの態度が豹変《ひょうへん》した理由まではわからない。

それに関しては、ああ、と黒川が補ってくれた。

「あなた、結界の勉強がしたいのだものね。大徳寺では限界がある、ということかしら」

「大徳寺先生からは戦闘方面の技術をすべて教えていただけましたね。でも糸は、それだけではありませんね。結界を張るのにも利用できますね」

水戸さんに自己紹介したときの口調は、黒川と話しているうちにいつもの調子に戻っていた。彼女は鷹夏市内にある教会の結界をつくってもいたのだ。水戸さんがそれだけの腕前なら、尊敬の念も抱《いだ》くことだろう。

水戸さんが思案げな顔をしてから笑顔に戻り、続けた。

「大徳寺さん、という方は存じ上げませんが、きっと素晴らしいお師匠さんなのでしょうね。確かに糸と結界は相性がいいです」

「先生、よろしければご指導ご鞭撻《べんたつ》のほど、よろしくお願いいたします」

野波さんがぴしりと一礼をする。こんな野波さんを見るのは初めてだ。学校では先生にいくら「あやとりをやめろ、授業を聞け」と言われても無視して通し、話しかけられても無言でかわす。まさか彼女の口から「先生」などという言葉が大徳寺さん以外を相手に出るとは思わなかった。

黒川が暇なのか俺のほっぺをむにむにとつついてくるので邪険にしていると、詠ちゃんがにっこりと笑った。

「じゃ、お互いの名前もわかったことだし、ご飯にしようよ！　先生！」

「ああ、そうだね。野波さん、教えるのはまた後で、まずは腹ごしらえといきましょう」

「了解しました。先生がおっしゃるのならどんなものでも喜んで」

「えー、美味《おい》しいものがいいー」

詠ちゃんが声をあげるのに対し、水戸さんは笑って返す。野波さんが、軍人なのかと疑いたくなるほどぴっしりとした動きで水戸さんの後を追う。

「野波さん、どこに行くの？」

「先生を手伝うんです」

さも当然、という言い方だった。水戸さんが振りかえり、感謝の言葉をつむぐ。

「ありがとう。野波さん、料理は得意ですか？　今日は天ぷらの予定なのですが」

「よく家の者を手伝います。天ぷらでしたら、一昨日《おととい》もつくりました」

素直な口調の彼女と水戸さんが部屋を出ていき、俺と黒川、そして詠ちゃんが残される。

そわそわとした様子の詠ちゃんが、こらえきれないというように声をあげた。

「ねえねえお姉ちゃん！　お姉ちゃんの髪の毛、触《さわ》っていい？」

「ダメ。槍牙くん以外が私に触れるのは許さないわ」

氷のように冷たい断り方だった。ひっ、と詠ちゃんが喉《のど》を震わせたのを聞き、俺は黒川に耳打ちする。

「髪の毛ぐらいいいだろうが」

「私の髪の先から爪先《つまさき》まで、すべては槍牙くんのためにあるのよ」

「じゃあ俺がお願いしたらいいんだな？」

「……槍牙くんが私の髪に顔をうずめたり、髪をすいたりしてくれるなら」

「後でならな。詠ちゃん、いいってよ。おいで」

わーい！　と詠ちゃんが椅子を飛び降りてこちらに近づいてくる。黒川は無言かつ無表情でそれを迎え、詠ちゃんは嬉《うれ》しそうな顔で黒川の髪に触れ、何度も指ですく。実際のところ、黒川の髪の毛は綺麗《きれい》だ。これぐらいの子どもが触りたくなるのもうなずける。

小学五年生になるうちの妹も、黒川の髪をいじらせてもらうことはよくあるほどだ。

「すごーい、全然傷《いた》んでない。こんな髪、初めてー」

「いつ槍牙くんが匂《にお》いをかいだり舐《な》めたりしてくれてもいいように、ケアしているのよ」

「お兄ちゃんは変態なんだね！」

「違うからね！　おい黒川！　いたいけな子どもが信じるだろうが！」

「いいのよ、槍牙くん。私は槍牙くんがどんな変態的行為を求めても許可するわ」

せんでいい、と言ったところで詠ちゃんが今度は俺の顔をじっと見ていることに気がついた。つい黒川に怒鳴《どな》ってしまったため、怖かったのかもしれない。

しかし詠ちゃんの要求は、それとはだいぶ違った。

「お兄ちゃんの髪の毛も、触っていい？」

「調子に乗ってんじゃないわよ幼女。私の槍牙くんに触れようなんて一億年早いわよ」

「えー、ダメー？」

詠ちゃんはつぶらな目で問いかけてくる。いま気づいたが、髪だけでなく眉も白い。肌も白いため、唇《くちびる》の色が妙に鮮《あざ》やかだった。きゅっと引き結んだその口は、なおもねだる。

「お兄ちゃんの髪も触りたいよー、ねえいいでしょ？」

「なあ黒川。別にいいんじゃないか？」

「槍牙くん、どうしてこの幼女に甘いのかしら？　まさか槍牙くん、年下趣味かしら？」

「断じて違う。っていうかこっちはお願い事を後でするんだぞ？　いまちょっとぐらい聞いておいたほうがいいんじゃないか？」

当然、そんな打算はない。単に子どもが悲しむのが嫌だったのと、髪の毛を触らせるぐらいならわがままと思えなかっただけである。

むぅ、と髪をいじられたままの黒川が唇を尖《とが》らせ、数秒して言った。

「幼女。あんまり触ったらダメだけれども、ちょっとならいいわ」

「わーい！」

ほがらかな様子で、詠ちゃんは俺の隣の椅子によじのぼり、両手でわしゃわしゃと俺の髪の毛を触る。髪の毛が好きなのかと思ってされるがままになっていると、彼女は「あー！」と嬉しそうな声をあげた。

「白髪《しらが》だ白髪！　お兄ちゃん、ボクとおそろいだね！」

「……最近、めっきり増えてね」

黒川による気苦労が原因だろうか。父や母、祖父母も決して若白髪というわけではなかったらしいのだが、俺だけ妙に多い。

わーいわーいと喜びながら詠ちゃんが髪の毛をかき回す。三秒に一回、黒川が舌打ちをするのが聞こえてくるが、気にしない。

「詠ちゃんは髪の毛、好きなの？」

「うん。好き。でも自分のは、そんなに好きじゃないかも」

「どうして？　詠ちゃんの髪も綺麗な白っていうか、銀色っていうか……」

「ちょっと槍牙くん」

あからさまに機嫌の悪い黒川の声が響いた。どうしたんだろうか、と思って振り向くと、額《ひたい》に青筋が浮かぶほど怒り心頭の様子だった。

「さっきから言いたかったけれど、私のことは名字で呼ぶのに、どうして幼女は名前で、しかもちゃん付けで呼ぶのかしら？　もしかして本当に幼女趣味なの？」

「いや、違うから。子どもと張り合うなよ」

「いいえ、張り合うわ。こんなにも私が『夢乃ちゃん』呼びを推奨《すいしょう》しているにもかかわらず、槍牙くんはいつも私のことを名字で呼び、こんな出会ってちょっとしか経っていない幼女のことを名前で呼ぶんだもの。ちょっとぐらい、槍牙くんの右腕を千切《ちぎ》りたくなるわよ」

いまお前、俺の右腕を千切りたいのか。やめてくれ。

「もちろん、やらないわよ？　そんなことをしたら槍牙くんが私を両腕で抱きしめたり、両手で首を絞めてきたり、ものを持っているときに頭をなでてくれないじゃない」

「首を絞め……お兄ちゃん、悪い人なの？」

「違うから。このお姉ちゃんの言うことはあまり聞かないでね」

悪影響がありそうなところはとりあえず外しておく。

「子どもだったら名前で呼んでくれるというなら、私だって子どもよ。十三歳よ。さあ槍牙くん。私のことを名前で呼んでちゃん付けして抱いて」

「……俺も十三歳なんだけどな」

あと最後に入った要望は絶対にスルーする。

子どもに嫉妬《しっと》する気持ちはまったくわからないが、目の前で「詠ちゃん」と連呼したせいで刺激されてしまったのだろう。一回ぐらい呼んでやってもいいか、と思ったところで。

「お待たせしました。野波さんのおかげで、ずいぶん早くできあがりましたよ」

「えらく仲良くなったみたいですね」

水戸さんがワゴンを押し、野波さんがお盆を持って現れた。天ぷらのいい匂いが広い食堂に漂う。わーい、と詠ちゃんは自分の席に戻り、配膳済みの箸《はし》を行儀悪く、ちゃかちゃかと鳴らす。

はあっ、と隣で黒川が重いため息をついた。

「子どもの相手ってなかなか疲れるわね？　槍牙くん」

俺はお前の相手をするほうが疲れる。言わないけれど。

水戸さんが天ぷらやざるそばなどを配ってくれて、野波さんが手伝うように湯のみを置いて茶を注《つ》いでくれる。ほうじ茶の匂いだ。

「ありがとう、野波さん」

「お礼を言われる筋合いはないですね。私はただ、水戸先生を手伝っているだけですね」

ぶっきらぼうな言い方だが、まんざらでもないような印象を受けた。黒川がいただきますも言わず、配膳されたばかりの天ぷらに手をつけようとした。

「黒川さん。詠の教育にも良くないので、しばらく待ってもらえませんか」

すかさず水戸さんが注意し、黒川は一度にらむも箸を置いた。人の言うことは基本的に聞かない黒川だが、この後でお願い事をしてもらうからだろうか。素直に従った。

個人的にはこうして良識ある人に注意してもらえると助かるし、黒川が従うと嬉しい。

配膳が終わって、水戸さんと野波さんも席に着いた。

「さて、いただきます」

水戸さんの声に合わせ、全員がいただきます、と言った。ワラビの天ぷらは初めて食べたが、なかなか美味しい。ざるそばも美味しく、味噌汁《みそしる》も温かい。「美味《うま》いな」と黒川に声をかけると、いい食べっぷりを見せながら黒川が張り合う。

「家に帰ったら槍牙くんには私がつくったご飯を食べてもらうわ。ええ。一食や二食じゃない。槍牙くんが死ぬまで残りは私のお手製を食べてもらうわ」

「現実的に無理なことを言わない」

そうは言っても黒川もお気に召したようで、十分ぐらいで食べ終えてしまった。俺もほとんど同時に食べ終え、詠ちゃんと野波さんも同じぐらいだった。

「ごちそうさま先生！」

「あんまり早食いは良くないよ、詠」

たしなめるも、口調も表情も明るく嬉しそうなものだ。いい関係のようだな、と思っていると、食べ終えたようで水戸さんが箸を置いた。その目がこっちを向いて、尋ねる。

「さて――それでは斉藤くん。黒川さん。そして、野波さん」

本題の話をするのだと思った。野波さんも体を向ける。

「詠が目的の旅行だった、ということですが、詳しい話をお聞きしてもよろしいですか？」

はい、と返事をしたのは野波さんだった。彼女は固い口調で続ける。

「私たちは黒川灯から、座敷童子という怪異を連れてくるよう命じられました。私たちが選ばれた理由は水戸先生ならわかると思いますが、結界に入れる条件に合っていたからです」

普段と違う野波さんの喋《しゃべ》り方に戸惑《とまど》いながら、顔には出さない。水戸さんは大仰《おおぎょう》にうなずいた。

「以前、結界の外に子どもが行き倒れていたことがあったのです。遭難したらしく、発見したときには亡くなっていました。無論、すべての命に対して我々は尊ばなくてはなりませんが、こと子どもというのはね。自力で脱出できる力も乏《とぼ》しい、弱いものなんです。その一件を反省して、いまは十五歳以下の者なら通れる結界となっているのです」

「それ以前は、誰も通れなかったんですよね？　じゃあ、いま村にいる人たちは……」

みんな子どもなのかと、明かりのついた家を思い出す。いえ、と水戸さんが言った。

「結界を張る以前に移住した大人《おとな》たちだけです。住環境が整ってから結界を張りましたので」

だからこんな結界になっていたのか、と納得した。そして、水戸さんは子どもが好きなのだろうと感じた。そのときのことを後悔しているのだろう。

「ところで水戸麒一郎。あなたは怪異についてどう思っているのかしら？」

黒川が切りこむように質問をする。水戸さんが首をかしげて返すので、さらに続けた。

「たとえば怪異はおしなべて殺すべきだという考え方があるわ。他にも共存の道を選ぼうとする霊能力者もいるだろうし、害悪となるもののみを排除するという意見だってある。

あなたはその、いずれに属するのかしら？」

「私は、そうですね。怪異かどうかという考え方は、あまりしません。ここにいる詠は、守ります。彼女が怪異かどうかは関係ありません。無論、万が一この結界の中に怪異が飛びこんできても変わりません。怪異かどうかではなく、一つの個として判断します」

怪異かどうかではなく、個としてどうか、か。なんとなくそれは、嬉しい意見だった。零子《れいこ》さんや、呪《のろ》いで怪異と化している黒川のことを擁護《ようご》してもらえた気がしたのだ。

野波さんが、それで、と言って本題に話を戻した。

「黒川灯が座敷童子の力を欲しています。化野詠には迷惑な話になるかと思いますが、鷹夏市に来てもらいたいんです」

「何のために座敷童子の力が必要なのか、訊《き》いてもよろしいですかな」

野波さんが首を横に振った。

「そこまでは聞いていません。ただ、運勢を上げて臨《のぞ》まねばならないことがあるようです」

『黒龍《こくりゅう》』の呪いのことは伏せられているはずだ。当事者である黒川は「灯は時々、そういう大事なことを隠してことを進めるのよ」と毒づいていた。

水戸さんもそれだけの情報で推測はできないようで、難しい顔をしていた。

しかし結論は出た。水戸さんではなく、詠ちゃんの言葉によって。

「それはできないよ。ボクはここから動かないし、動けない。その灯っていう人……あの灯かな？　とにかく、その願い事は聞いてあげることができないんだ」

ごめんね、と寂《さび》しげな笑みを浮かべる。詠ちゃんのこれまでの爛漫《らんまん》な態度からすると、少し引っかかるような笑顔だった。

ぱんぱん、と手を打ったのは水戸さんだった。

「お互いの事情は色々とあるでしょう。尋ねておいてぶしつけになりますが、今日はこのくらいにしましょう。あんな重いスーツケースを持って、長い間山を歩いてきたのです。詳しい話はまた、明日にでもうかがうことにします。お風呂は……」

ぎらっ、と黒川の目が光った。嫌な予感がしたので、俺は先手を打つ。

「今日はもう眠いので、お風呂は結構です」

「あら。槍牙くんの一日たっぷり汗をかいた匂いを嗅《か》いで寝られるのね？　うふふ、嬉しいわ」

隣で涎《よだれ》を垂らしている幼馴染《おさななじみ》がいるが、無視。詠ちゃんが、「ごちそうさま！」と叫んで椅子から飛び降りる。

「お兄ちゃんとお姉ちゃん、先にお部屋に案内するよ！」

「ダブルよね？　ツインは嫌よ？」

即座に黒川が注文をつけたのだが、詠ちゃんはまた「ごめんねー」と笑った。

「うちにあるベッド、シングルしかないから。別部屋になっているの」

「仕方がないわ。槍牙くん、床に布団《ふとん》を敷いて二人でいちゃいちゃと寝ましょう」

「ここ、土足なんだけどな」

水戸さんが微笑《ほほえ》んで黒川を見るが、おそらく冗談を言っているのだと勘違いしている。黒川は、本気だ。

「詠、きちんとお客人をご案内するんだよ。斉藤くん。黒川さん。足りないものがあればできるだけ用意しますから、気軽に申しつけてください」

なおもダブルベッドを所望する黒川は無視してもらい、俺は黒川のスーツケースの片方を持つ。もう一つは持ち主である黒川に持ってもらい、詠ちゃんに先導してもらった。白いサンダルがぺたぺたと鳴る様子もなんだか微笑ましい。

廊下は城の規模のわりには幅が広くなく、どの部屋も古い木の扉がはまっていた。

「客間に使っている部屋はね、一階上なんだ。いいよね？」

「大丈夫だよ。何かあったら詠ちゃんの部屋か、水戸さんの部屋に行けばいいの？」

「うん。ほら、すぐそこ」

似たような部屋が多い中、詠ちゃんの部屋と水戸さんの部屋だけはわかりやすくネームプレートが下げられていた。水戸さんのほうはカラフルでぐちゃぐちゃとした字で「きーちろー」と書かれており、詠ちゃんの部屋のほうは達筆な筆字だった。

「水戸さんと詠ちゃんとで、お互いのプレートをつくり合ったんだね」

「そうだよ！　お兄ちゃん、よくわかったね！」

「……まあね」

互いの性格がよく出ていると思う。

「そうだ！　ちょっとだけお城を案内してあげるね！」

詠ちゃんに導かれて階段を上がり、トイレや洗面台のある場所やバルコニーへと出られる道を教えてもらう。廊下や階段はどこもかしこも同じような景色で、本当に混乱しそうだった。デパートみたいに壁に何階か書いておいてもらえると助かるんだけど、住んでいる人たちにすれば特に必要のないものだろう。

やがてミニ案内が終わり、食堂から階段を上がってすぐのところで、詠ちゃんは立ち止まり振りかえった。

「ここがお兄ちゃんのお部屋！　それで、もう一つ隣がお姉ちゃんのお部屋！　階段を上がってすぐだから、わかりやすいでしょ！」

「うん、ありがとう」

「道案内ご苦労、幼女」

ねぎらいの言葉を受けて詠ちゃんはえへへー、と笑い、手を振りながら階下へと下りていく。水戸さんたちのいる食堂へ戻るのだろう。俺は黒川のスーツケースを廊下に置き、あてがわれた自分の部屋の扉を開けて入る。黒川も後に続いた。

「……いや、お前は自分の部屋に行けよ」

「あら。シングルベッドしかないなんて言っていたわりに広いじゃない」

マイペースに黒川が部屋の中を進んでいく。まあいいかと思いながら、俺は部屋をざっと見回した。二十畳ほどの広い空間に臙脂色《えんじいろ》のカーペットが敷きつめられており、土足で踏むのが少し怖いぐらいだ。カーペットの模様も細かく、かなり凝《こ》っている印象がある。ベッドだって、天蓋《てんがい》つきのかなり豪奢《ごうしゃ》なものだった。白いレースの幕を垂らした、白い敷布のベッドは本当にお姫様御用達《ごようたし》みたいに見える。隣にある飴色《あめいろ》の椅子と机、棚も高価そうなものだ。

ただ、いずれもサイズはあまり大きくない。というか、この部屋の規模に対してあまりにちんまりとしていた。

「ねえ槍牙くん。このスイートルームばりの広い部屋にビジネスホテル並みのサイズの家具、というのはどういうことだと思うかしら？」

自動車の展示場にでも使えそうな残りの空きスペースに、黒川は不満げだった。とはいえベッドをよくよくあらためてから下した結論は、満足そうなものである。

「まあ、シングルのベッドだけど二人で眠れそうね。槍牙くん」

いそいそと寝床の支度を始める幼馴染……いや、一人で寝ろよ。

不思議なことに、部屋の壁や床は石造《いしづく》りだったが寒さは感じなかった。適温だ。集落や森の中でも同じである。結界の中は心なしか、気候が穏やかだった。

「さあ槍牙くん。作戦会議をしましょう」

いつの間にかベッドに寝そべった黒川が、ぽんぽんとシーツを叩《たた》く。「隣においで」と言われているようだったので、椅子に座った。

「思ったほど簡単には、連れていくことができないかもな」

「ええ。化野詠とかいうあの娘、生意気にも槍牙くんの頼みを断ったわよね」

「……実際に頼んだのは野波さんだけどな」

単に詠ちゃんが理由をきちんと理解できなかっただけだと思う。改めて頼むのは、決して悪いこととは思えない。しかし黒川の表情は浮かない。

他に、何か懸念材料でもあるのだろうか。

「もしあの座敷童子がいいと言ったとしても、あの老爺《ろうや》が許すかどうかね」

「水戸さん？　特に、反対の声をあげたりはしていなかったけれど……」

「でもほんの少しでも許さない気持ちがあれば、結界をといてはもらえないわ。私たちは物理的にここを出ることができない」

そう考えると、説得の相手は二人か。ふう、と黒川がため息をついた。

「それにここは居心地が悪いのよ」

「そうか？　わりと暖かいし、結構リラックスできるけどな」

水戸さんのつくってくれたご飯も美味しかった。ここへ来るまで見てきた家々も、明るくて一家団欒《だんらん》の雰囲気が外までもれていたと思う。

しかし黒川は首を横に振った。

「ワラビはこの時期に採《と》れるものじゃない。ここは自然の摂理《せつり》を歪《ゆが》めているわ」

「……だから？」

「歪みは必ず、どこかで帳尻を合わせなくてはならない。得をしっぱなしは、不自然だわ」

黒川が少し布団を上げて顔を隠してしまう。表情が見えない。俺は背もたれに体重をかけ、村の様子を思い出す。確かに結界の中にいるのに普通に人が楽しげに暮らしているということが、いまさらながら奇妙に思えた。

こんな鳥籠《とりかご》みたいなところで生きるのなんて、俺だったらつらいとしか思えないのに。

「閉じこめられていても、生きていくことは幸せなのかね……」

座敷童子について詳しくは知らないが、運を操る能力と詠ちゃんの性格を考えると、多分彼女は人の幸せを願ってくれると思うのに。

村の人たちが外へと出られないことは、幸せなのか？

「……ごちゃごちゃ考えるのはやめだ。とにかく、詠ちゃんを鷹夏市に連れていかないと」

それ以外に果たす目的などない。少なくともいまは。

黒川に呼びかけるも反応しない。どうしたのだろうかと思って布団に近づく。

がしいっ！　と手首をつかまれた。

「……あ？」

「ふふ、槍牙くんってばこんな形で夜ばいに来るなんて。ええ、いいのよ。私のすべては槍牙くんのものなんだから。私のすべてを滅茶苦茶にしていいのよ」

「放せこら！　寝たふりしてんじゃねえ！」

「いいえ、私は槍牙くんが私を襲うための背中を押しただけよ。この状況なら絶対に手を出す、断れないという状況を演出してあげただけ……さあ、新婚初夜を……！」

「だから新婚じゃねえって言ってんだろ！」

旅行なんぞに行けばどうせそうなるとは思っていたが、黒川のせいでなかなか眠れなかった。部屋から叩き出せるわけもなく、俺は部屋を飛び出して隣の部屋（黒川の部屋としてあてがわれていた部屋）に飛びこんで鍵をかけ、ようやく眠ることとなった。

……いや、三十分以上は扉を叩き、何か叫び続けていたけどな。あいつ。


ぶるるるる、と何かの振動が響いた。ぱち、と目がさめて俺はポケットに入れておいた携帯電話を取り出す。時刻は二時半。人を訪《たず》ねるのには非常識な時間だったが、黒川に聞かせられない話である以上、仕方がないことだと俺は判断した。

冷えることもなさそうだったが、寝間着の上にカーディガンを羽織ってから部屋の外に出る。一歩踏み出そうとした足をすぐさま引っこめた。

そこに黒川が眠っていたのである。しかも扉ぎりぎりの位置にだ。

「…………」

何をしているんだ、こいつ。そう声に出さなかった自分を誉めたい。

「槍牙くぅん……んん、もっと、もっとこっち来て……もっと近くに……」

夢の中でも俺にからんでいるらしい。寝言の内容はともかく、ただ眠っているだけの姿はとても可愛《かわい》らしい。羽織ったばかりのカーディガンを黒川にかけてやり、起こさないように慎重にまたいでゆっくりゆっくりと歩《ほ》を進める。

寝ている位置から推測するに、扉にもたれて眠っていたのだが寝相が悪くて床に倒れたのだろう。いずれにせよトラップみたいな奴《やつ》だ。気づかなければ確実に起こしていた。

後ろから黒川の寝言が「まだよ。まだまだ。バーナーであぶって肌と肌を溶かしてくっつくの……ふふ、ふふふふふ……」と続いているのがなかなかホラーだ。怖い。やめろ。

夢の中の俺も無傷でいたいんだ。

階段を降り、すぐそばにあった「きーちろー」のプレートがかかった扉の前に立つ。ノックをするつもりだったが、廊下にいた黒川を起こしたくないので静かに扉を押して中に入る。

「おや」

室内は明るく、水戸さんはまだ起きていた。テーブルの上にいくつか書類があり、図形のようなものがいくつも並んでいた。怪異に関するものだと困るのですぐ目をそらす。扉を閉め、まずは頭を下げた。

「すみません、夜分遅くに。ていうか、ノックもしないで」

「いえ、大丈夫ですよ。どうされましたか、斉藤くん」

どうぞ、と椅子を勧められたので座る。客間とほとんど同じような造《つく》りの部屋だった。ただ本棚が二つあり、そこにはたくさんの本と書類が入っている。棚も小物棚ではなく、引き出しの一つ一つが大きかった。

「ええっと、先せ……水戸さんに、ちょっとお話がありまして」

「いま、先生とお呼びになりそうでしたね」

ふふふ、と笑う水戸さん。つい、職員室に謝りに来たときのような雰囲気に引きずられてしまったようだ。女の先生を「お母さん」と呼んでしまったような気恥ずかしさを覚えたのだが、水戸さんは笑顔で続けた。

「呼びやすい呼び方でいいんですよ。おいぼれを先生と呼ばせるのは、おこがましいです」

その謙遜《けんそん》がかえっていい印象になった。先生と呼びますね、と言ってから本題に入る。

「水戸先生は、最悪器官という言葉をご存知でしょうか？」

さいあく、とつぶやいてから先生は静かに横に首を振った。

「そういった言葉は恥ずかしながら、知りません。『きかん』とはどう書くのか、よろしければ漢字をお教え願えますか？」

水戸先生がペンを差し出したので、俺はそれを受け取り、机の上の紙に「最悪器官」と書く。それでも水戸先生は首をかしげた。

「申《もう》し訳《わけ》ない。私には、この言葉が何なのか、わからないのです」

「ええっと……灯さんたちがつくった言葉なんですけれど、ようは、怪談を見聞きしたり怪異に恐怖を覚えたりすると、それを実在のものにしてしまう能力なんです」

「……もしかすると、それは『世界で一番霊感のない人間』のことではありませんか?」

以前、野波さんがそんな風《ふう》に言っていたのを覚えている。他のことで気を取られていたときだったから詳しく聞いてはいないのだけれど、確かに俺をそう言っていた。

顔色で察してくれたらしく、水戸先生は何度かうなずいた。

「斉藤くん。霊感とはね、視力や聴力のように数値化することができるんです。だから霊感が一の人もいれば、霊感が百の人もいる。そして霊感が百の人に見える世界は、霊感が一しかない人にはわからない、見えない世界です」

「……はあ」

「しかし逆に、霊感が一の人に見えているものは、霊感が百の人にも見えています。これはいいですか?」

視力検査を思い出す。俺は両目とも一・五だけど、黒川は二・〇だ。黒川は「C」みたいなのが並んでいる検査表の一番下まで見えるが、俺には無理だ。けれど黒川は、俺の見えている「C」は全部見える。そういうことだろう。

「では、世界で一番霊感のない人に見えているものは、全世界の人間に見えていますね？」

「……まあ、そうなりますね」

世界で一番霊感がないのだから、それ以外の人はみんな、それ以上見えるんだろう。

「では、全世界の人間に見えている幽霊は、幽霊でしょうか？」

「……幽霊だと思いますけど」

でなければ何なのだ。そう思った矢先、水戸先生は首を横に振る。

「幽霊とは、あいまいなものでなくてはなりません。見えている人もいて、見えない人もいる。怪異もそうです。霊感のある人にはとらえられて、ない人には感じられない存在なんです。しかし、全員に見えたら幽霊ではありません。もう、現実のものです」

「あ……そう、ですね」

零子さんのことを思い出す。彼女はもう人間といってもいい存在だ。彼女が見えない人間なんていないだろう。実際に触れることもできる零子さんは、幽霊とはもう呼べない。

最悪器官が、この世界に呼びだしてしまったから。

「……ん、ということは、世界で一番霊感がない者が、怪異を感じ取ってしまったとするなら——それは全世界の人間が感じ取ることができる、っていうことですか？　そして全世界の人間が感じ取った怪異はもう現実のものだと」

「そうです。だからその特性は、最悪器官と呼ばれるのでしょう。あくまで机上《きじょう》の空論の存在でしょうけれど、そういう論争はかつて灯くんのお父君《ちちぎみ》、陽《あきら》くんとしたものです」

懐かしそうに目を細める水戸先生だったが、俺はあの、いえ、と言葉を濁した。

「一応、存在しているんです。その……最悪器官は」

「……ほう。ん？　もしかして斉藤くん。君がその、最悪器官なのですか？」

ええ、まあ、と応じると、水戸先生はしばらくじいっと俺の顔を見つめる。ふーむ、とため息をつき、あごに手をやり、眼鏡《めがね》を外《はず》して目をこすり、またこちらを見る。信じてもらえないだろうかと危ぶんだが、最後には「わかりました」と言った。

「ということは、君には怪異に関するものは見聞きさせないほうがいいんですね？」

「あ、はい。お願いします」

黒川がいればその辺のガードはしてくれるのだが、いまは黒川抜きで話がしたい。先にこれだけは注意しておかないと、春のときの二の舞だ。幸い、水戸先生が怪異にまつわる知識を持っていたので、すぐに察してくれた。

それからようやく、本題に入った。

「水戸先生。詠ちゃんを少しの間だけでも、鷹夏市へ連れていっちゃいけませんか？」

「灯くんの願いを聞いてあげたい気持ちはあります。ですが、詠本人が決めることです」

「じゃあ、詠ちゃんがいいと言えば、結界をといてくれますか？」

水戸先生は黙った。それは否定の意でもあると察せられる。俺はその壁を崩すため、腹を割って話すことにした。

「先生。灯さんが詠ちゃんにお願いしたいことは、黒川にかけられた呪《のろ》いを外したいということなんです」

「……呪い、ですか？」

「黒川の左腕には、黒い龍《りゅう》の刺青《いれずみ》があります」

水戸先生がはっと顔を上げ、俺を見つめた。丸く見開かれたその目は、驚愕《きょうがく》と恐怖が混じったような、おののきを隠さないものだ。小さく『黒龍《こくりゅう》』の名をつぶやいたことから、最悪器官と違ってこちらについては知っているのだとわかった。

「黒川本人には黙っていてください。俺と灯さんは、黒川の腕にある『黒龍』を外そうと考えています。そのために、詠ちゃんの力が必要なんです」

「……何故《なぜ》、あんなものに手を出したんですか！」

厳しい声と視線に、俺は首を横に振った。

「俺が悪いんです。最悪器官は、八年前にたくさんの怪異をこの世に呼び出しました。黒川は俺を守るために、仕方なく『黒龍』に手を出したんです」

思った以上に怒りをあらわにした水戸先生は顔を押さえ、何度か深呼吸をした。ようやく落ちついたのか、静かな声を取り戻して言った。

「……そうか。最悪器官である君と一緒にいるから、黒川さんは消えずに済んでいるんですね。わかりました。おおむね、事情は理解しました」

「……すみません。じゃあ」

「いえ、それでもダメです。結界を外すことは、簡単にはできません」

「それなら、どうすればいいんですか？　どうすれば俺たちは、詠ちゃんを連れて鷹夏市へ、灯さんのいるところへ連れていけるんですか？」

水戸先生は答えない。少し疲れたような顔になって、重いため息をついた。

「……明日、村を見てください。あなたたちのことは客人として、村の方たちと会ってもらいます。その後で、もう一度話をしましょう」

今夜は寝てください、と水戸先生が言った。夜半過ぎまで迷惑をかけるわけにはいかない。俺は頭を下げて、部屋を出ようとした。

「斉藤くん。一つだけ、よろしいですか?」

振りかえる。水戸先生が恐ろしいほど目を光らせ、こちらをにらんでいた。

「おそらく、詠は灯くんの願いを叶《かな》えることができません。たとえ灯くんに大きな策略があったとしても、黒い龍は易々《やすやす》とは外れない。それは肝《きも》に銘じておいてくださいね」

おやすみなさい、というあいさつに、俺も返した。最後に言われたことは妙に不吉に思えたけれど、いますぐ俺がどうこうできることとも思えなかった。

ちなみに部屋の前で寝ていた黒川は大の字になっており、踏まないように部屋に入るのはかなり苦労した。


翌朝、部屋を出ると捕食動物並みに襲いかかってきた黒川をおぶるような形で、俺は食堂に入った。詠ちゃんが一人でコーンスープを飲んでいる。昨夜は真っ白なワンピースだったが、いま着ているものは黄色い花の柄《がら》がいくつも入っているものだ。

「おはよう」

「おはよう! お兄ちゃん、お姉ちゃん!」

黒川は俺の首に顔をすりつけながら「槍牙くんの寝起きの匂《にお》いだ寝起きの香りだふふふふふふ」とかつぶやいており、あいさつを返さなかった。ああ、風呂に入りたい。

ちなみに昨夜貸したカーディガンは「たっぷりと槍牙くんの残り香《のこりが》を堪能《たんのう》して堪能し尽くした後にお洗濯して返すわ」と言っていたので数年は返ってくるまい。

「水戸先生は？」

「あ、お兄ちゃんも先生って呼ぶんだね。おそろいおそろい」

がばっと顔を上げて黒川が「槍牙くんとおそろいなんて許さないわ」といきり立ったのだが、詠ちゃんの「じゃあお姉ちゃんも先生って呼ぶ？」という屈託のない声に毒気を抜かれたようだ。少し考えて（多分、苦《にが》い顔をして）「そうするわ」と返した。

椅子に座り、黒川が俺の膝《ひざ》の上に乗ってくるのを阻止していると、詠ちゃんは言った。

「先生はね、いまお姉ちゃんと勉強中！」

「野波さんと？」

他にお姉ちゃんと呼ばれる人はいない。しかし勉強という言葉が意外だった。黒川が俺の膝の上に頭だけを乗せて、ああ、とうなずいた。

「結界の技術でも教えてもらっているんじゃないかしら。平賀は水戸先生にずいぶんと傾倒していたようだから」

黒川の声で「先生」という響きを聞くのが信じられない気持ちだった。つい、確認する。

「お前、黒川だよな？」

「ええ。服の中に手を入れて確認してもいいのよ?」

仮にそれをやったところで何が確認できるんだろうか。しかし、よっぽど「おそろい」という言葉が効いたらしいなと息をつく。

しばらく詠ちゃんが怖い夢を見たとかいう話を聞いていると、水戸先生と野波さんが現れた。心なしか、野波さんの目がきらきらと輝いており、鼻息が荒い気がする。

「おはようございます。斉藤くん、黒川さん。何もありませんが朝ご飯を食べますか?」

あいさつを返し、お願いしてしまう。夜もそれなりに食べたが、朝になるとまた腹が減る。黒川は隣に座った俺の膝の上に顔をこすりつけてきて返事をしないが、多分食べるだろう。

「野波さん。朝は一人で用意できますから、手伝いは無用です。待っていてください」

「わかりました」

厨房《ちゅうぼう》のある奥の部屋へと水戸先生が行き、野波さんは詠ちゃんの隣に座った。少し興奮気味のようで、おはよう、と声をかけても反応はなかった。あやとりの糸を取り出し、ぱっぱと糸を繰る。習ったことの復習だろうか。

少しして水戸先生が、ワゴンにパンとスープとサラダをのせて持ってきてくれた。何もありませんが、などと言っていたが十分である。黒川の頭を持ち上げ、朝食をいただく。

「はい、槍牙くん。あーんして。あるいはあーんさせて。っていうか口移し」

「黒川、ちょっと黙って食べなさい」

コーンスープにパンを浸《ひた》して食べる。すごく美味《おい》しい。詠ちゃんが説明してくれた。

「パンはね、先生が小麦粉からつくったんだよ！　スープもトウモロコシからつくっちゃうの。野菜は、村で採《と》れるから」

「この村は、全部一から手づくりなんですか？」

「いいえ。私だけです。こうして趣味でつくっているのは」

水戸先生がはにかみ、詠ちゃんが誇らしげにうなずく。

「他の人たちは、じゃあどうやって……？」

「みんな、庵《いおり》でもらってくるんだよ。お皿にのったままシチューでもパスタでも何でも出てくるし、箸《はし》もスプーンもついてくる。でもボクは先生の料理のほうが好き！」

……庵でもらってくる？　意味がわからずに呆《ほう》けていると、水戸先生が優しく微笑《ほほえ》んだ。

「昔、詠が暮らしていた庵なんですが、また後で紹介します」

後で紹介されるなら、それを待つかと思って口をつぐむ。黒川が、ああ、と声をあげた。

「ワラビが山で採れたのと同じような現象なのかしら」

「ええ。外の方々には信じられないかもしれませんが、本当のことなんですよ」

水戸先生がにこにこと語る。野波さんの視線が普段の鋭いものとなり、黒川の表情も真剣味を帯びている。

歪《ゆが》み、という言葉を昨日《きのう》黒川が言っていたのを思い出した。

「みなさん。今日はちょっと他の村の人たちに会ってもらえませんか」

「何のためにかしら？」

身を起こした黒川が即座に鋭い目で尋ね、水戸先生はにっこりと微笑んでそれを受けた。

「狭い村ですからね。よそ者には少々、警戒心が強いんです。それにここに迷いこんだ者はほとんどが住民となります。あいさつはしておいたほうがよろしいかと」

「私たちは住民になるつもりはないわ」

「ええ。ですがその、すぐ噂になってしまいますので。公《おおやけ》にごあいさつしていただけると、混乱や余計な尾ひれがつきませんので」

ふむ、と黒川が納得したような声を出し、提案する。

「他の人に会うなら身支度をしないとね。では水戸先生。先生と呼ばせてもらうわよ？あなた、お風呂を沸かしなさい。私と槍牙くんが一緒に入るから」

「……いや、一緒には入りませんけどね」

「じゃあ私と入ろう！」

詠ちゃんが笑顔で笑い、黒川がだんっ！　と机を叩《たた》いた。バターに添えてあったナイフを逆手に持ったのであわててその腕をつかんだ。

「待て、黒川。何をやってんだお前は！」

「私の槍牙くんと一緒にお風呂なんて一兆年早いのよ！」

「黒川夢乃は一兆年後も、許さないとは思いますけどね」

野波さん、いまそんな冷静な分析は要《い》らない。当の詠ちゃんはきょとんとした顔で黒川を見て、保護者であるはずの水戸先生は笑みをこぼしたままだった。先生、止めて。

詠ちゃんがぱしんっ！　と手を打って叫ぶ。

「わかった！　三人で入ればいいんだ！　ねっ！　お兄ちゃん、お姉ちゃん。なんだかお父さんとお母さんみたいになるけど、いいよね！」

はた、と黒川が動きを止める。なるほど、とつぶやいてじっと俺の顔を見、そして詠ちゃんにも視線を向け、再び俺ににやりと微笑みかけた。

「いまから子どもができたときのことをシミュレーションしましょうかしら。ね？」

どうやら詠ちゃんを「女」ではなく「子ども」にカテゴライズしたらしい。そのほうが詠ちゃんに危害が及ばないものの、これまでとは別の恐怖が背筋《せすじ》をつたう。詠ちゃん本人は無邪気な様子で「わーい！」とか言っているが。

「詠、いいかしら。いまから私のことは『ママ』と呼びなさい。そして槍牙くんのことは『パパ』と呼ぶの。いいわね？」

「はーい！　ママ！」

「よくできました。ほら、パパにも？」

「パパ！　パーパ！　ねえママ、パパが返事してくれない」

「照れているのよ。詠があんまりにも素直でいい子だから、感動しているのかもしれないわね」

……ダメだ。何か色々とダメだ。

叱《しか》りたいけれども関わったらもう負けな気もする。

「お風呂なら、もう沸かしてあるんですよ。ご飯を食べたら、いかがですか？」

水戸先生の言葉にガッツポーズを取る黒川と、おそらく意味のわかっていないまま真似《まね》する詠ちゃん。ごちゃごちゃと悩んでいる暇はない。俺はすぐ黒川に言った。

「黒川、お前は詠ちゃんを連れて先に入っていてくれ。後で追いかける。さ、着替えを取りに行ってきて」

「わかったわ槍牙くん！　いいえパパ！」

髪と服をはためかせて部屋を出る黒川。その背中が見えなくなってから、俺は詠ちゃん

に両手を合わせて頼みこんだ。

「詠ちゃんお願い！　俺が行くのが遅くても、湯船につかって百数えたら黒川と一緒に出て！　絶対！　じゃないとのぼせちゃうから、なんとかお願い！」

「はーいパパ！」といい返事をする詠ちゃん。ふう、と息をついて背もたれに体重をかける。楽しそうな様子で、水戸先生が一つうなずいた。

「いい加減そこのバカップルは入籍したらどうですかね」

野波さんが呆《あき》れかえった声を出した。


一緒にお風呂だけはなんとか阻止し、着替えて外へと出る。日本離れ、というか現実離れした古城のような家から出ると、陽は高く暖かかった。ほとんど扉のない建物だったが、鍵などは必要ないのだろう。最後に家を出た水戸先生は、鍵を持っていなかった。

「不用心なのね。それとも勝手に家に入る賊《ぞく》などいないということかしら」

「まあ、そうだね。盗まれて困るようなものもないし」

「ママ、綺麗《きれい》！」

詠ちゃんは黒川が気に入ったようで、スカートをにぎってきゃらきゃらと笑う。山登りの必要がないからか、今日の黒川はロングスカートのワンピースだった。ビスチェの代わりに革《かわ》のベルトを巻きつけてコルセットにしている姿は、古城の背景とマッチしている。黒川もストレートに誉められるのは気分が悪くないようで、詠ちゃんの頭をなでる。指にごつい指輪がいくつもはまっているため、あんまり強くなでないでほしい。あといい加減、ママ、パパって呼び方はどうにかならないか。俺も黒川も十三歳にしてそんな呼び方をされても困るわけだが。

「では、行きましょうか」

水戸先生の声に、黒川がばっと日傘《ひがさ》を開く。もちろん、強制的に相合傘をさせられてしまったが、抱きつかれたりからみつかれたりするよりはマシだった。

水戸先生と手を繋《つな》いでいる詠ちゃんの後ろに野波さん、そして俺たちが続く。夜は見えなかった光景がたくさん見えた。レンガ造《づく》りの家や、最新モデルのようなデザイン性のある家、日本家屋《かおく》もあった。統一性がなくてごちゃごちゃとしており、石畳《いしだたみ》の通路を挟んで十軒以上が並ぶ。その裏には田畑が広がり、いまの時期や旬《しゅん》とは違った作物が見える。秋のものもあったが、季節感はないと言ってもいい。

昨夜、黒川や野波さんが言っていた通り、箱庭みたいなつくりものっぽさがある。

「……ってか、なんだあの家。ドーナツが貼りついている」

やたらにカラフルな家があったのでその前に立つ。妙に甘い匂《にお》いがし、扉もなんだか巨大なビスケットみたいな家だった。黒川がじっと検分し、鼻を鳴らす。

「何よこれ。お菓子の家じゃない」

「……お菓子の家？　え、これ本物のお菓子か！」

どうやってつくったのか訊《き》きたいぐらい面白い家だった。よく見れば屋根の丸太は全部ロールケーキだし、窓だって砂糖菓子のようだった。誰が住んでいるのかと思ってながめていると、水戸先生が笑いながら隣に立つ。

「たまに詠が食べてしまうことがあるんです。いかがですか？」

「美味《おい》しいよ！」

ためしに飾りつけられていたドーナツを手に取り、むしる。揚《あ》げたてみたいにやわらかく、たっぷりの砂糖と蜂蜜《はちみつ》で表面が白くおおわれていた。一口かじると、本当に美味しい。黒川にもあげると、俺の口がついたところだけを食べる。

……嫌な食い方するな、お前。

「確かに本物のドーナツのようね。槍牙くんの唾液が素晴らしい調味料だわ」

もらいすぎても食べられないのでそのドーナツだけいただき、道を進む。俺と黒川であっという間にたいらげてしまった。

「こんなのどうやってつくっているんですか？」

「誰かが願えばいいんだよ！　あとはボクの力で勝手に生まれるから」

ほがらかに答える詠ちゃん。確かにこんなあり得ない状況、怪異以外に考えられない。

しばらく進むと、昨夜通り抜けたロータリーのような広場が見えた。何人か人がいる。

「水戸先生！　詠様！」

そのうちの一人が手を大きく振る。四十歳ぐらいで、非常にガタイがいい。他の十人ほどの人たちも手を振ってきた。てっきり水戸先生と同世代の人が多いかと思っていたのだが、三十代から四十代ぐらいの人ばかりだ。

水戸先生にくっついて近づいていくと、村の人たちは不審の目を俺たちに向けた。特に黒川に向けられたものは複雑そうだ。痩《や》せたおじさんが「うわ、美人」と言って唾《つば》を飲みこんだし、整った顔のお姉さんは露骨に嫌そうな顔を向けた。

水戸先生が俺たちを紹介してくれる。

「昨夜、遭難してしまった方々です。この少年は斉藤くん。日傘を差しているのが、黒川さん。それからもう一人の女の子が、野波さんです」

黒川は頭を下げることなどせず、俺と野波さんだけがぺこりとお辞儀をした。普段の野波さんならこういう協調性のあることはしないが、水戸先生の手前、やったのだろう。ここだけ見ていると本当に優等生のようだ。学校でもやってもらいたいぐらいに。

水戸先生と詠ちゃんがこちらを向き、今度は村の人たちを紹介してくれる。

「村には百人ちょっと住んでいますが、こちらの佐倉《さくら》さんが代表として活動してくれていますので、彼に話を通しておけば問題はほとんどありません」

「代表って言っても、妻と二人でなんとかやっているだけですけどね」

妻、という言葉を受けて一人の女性が佐倉さんに並ぶ。

体格のいい旦那《だんな》さんは佐倉稿弐《こうじ》さん。大柄《おおがら》で上にも横にも大きい人だが、かなり気さくな様子だ。ただし俺の頭をぽんぽんと叩《たた》いたところで黒川から大きく反感を買ってしまい、苦笑《にがわら》いを浮かべているが。

それから佐倉さんの奥さんである、大和《やまと》さん。眼鏡《めがね》をかけた優しい雰囲気の女性で、知的な印象を受けた。黒川の服に興味津々《しんしん》の様子なのだが、例によって黒川の性格と物言いがよろしくないので、一歩引いた姿勢を取っている。

どちらも四十歳前後とのことだったが、もう少し若く見える。肌つやが良く、シミやしわがあまりない。水戸先生の紹介が終わったところで、奥さんの大和さんが提案した。

「それじゃあ、お昼はできるだけみんなを集めて食べましょうか」

「ああ、それがいい」と乗っかったのは旦那さんの稿弐さんだ。他の人たちも口々に賛成の声をあげ、昼食会をすることが決まった。しかしパーティーをするには準備が要《い》るだろう。気遣《きづか》いのつもりで、俺はおずおずと尋ねた。

「でもいまから準備するんじゃ、結構時間がかかっちゃいますよね」

「いえ、大丈夫ですよ」

大和さんがそう答えてから、稿式さんが言った。

「俺《いおり》に行きがてら、村の案内でもするよ」

稿式さんと大和さんについていくこととなった。後ろをついてくる村の人たちの質問はたいてい野波さんが受けており（学校でも見せたことがないほどの協調性と丁寧な態度だった）、俺と黒川は詠ちゃんを間に挟んで夫妻と会話をする。学校の勉強はどうとか、部活動や委員会は、といったような、親戚みたいなことを尋ねられてとどこおりなく会話した。

隣でずっと黒川と詠ちゃんが「槍牙くん、いえ詠ちゃんのパパは学校ではあまり勉強しないのよ。努力を見せないクールさが素敵よね」「へー、パパすごーい。ママは勉強しないの？」「ママはずっとパパについて独自に研究しているのよ。数学や社会よりずっと有意義な勉強なの」「ママすごーい！」という頭の痛い会話をしてくれていたが。

ままごとだと思ってもらえたようで、佐倉さんらが気にしなかったのは幸いだった。

城を迂回《うかい》するように回りこむと、突然、和風の建物が見えた。屋根や柱に細かい彫刻のなされた木造の建物は小ぢんまりとしており、庵、という言葉がぴったりである。

これが今朝《けさ》言っていたやつか、と直感でわかってしまう。

「最悪器官。いまからあの庵——魔法の庵、とか呼ばれているそうですが、実演してくれるらしいですね」

後ろの村人たちと話していた野波さんが、俺にそっと耳打ちをする。実演、という言葉をおうむ返しにつぶやいたと同時に、村の人たちが動きだす。俺たちを追い抜いて庵へ行き、おもむろに扉を開いた。中には昨夜、俺たちが泊まった部屋より少し狭い座敷があるだけだ。がらんどうで、特筆するようなものは何もない。

「じゃ、見ててね」

誇らしげに言う村人に次《つ》いで、詠ちゃんも「パパ、見て」とねだってきた。

もう一度扉を閉め、「じゃあ、ポテトサラダ」と言ってから村人が扉を開く。

お座敷の中央ほどに、ポテトサラダの盛られた大きな皿があった。

「え?」

ほうら、すごいだろう! という声が耳に入ってくるも、俺の混乱は収まらない。黒川の袖《そで》を引き、そっと耳打ちをする。

「何これ、手品?」

「だったら良かったんだけどね」

黒川は少し渋い顔をしていた。村人たちは次々にパスタやグラタン、餃子、ローストビーフといった食べ物を手品のように出現させては運んでいく。

「先に食べていていいけど、お客様の分、取っておくんだぞ」

稿弐さんがピザを運んでいた男の人に声をかけると、男ははいはいと返事をしてにこやかに去っていった。俺は黒川に小声で問う。

「これ、どういうことだ？」

「ねえパパ、詠が説明したがっているから訊いてあげて。ママにばかり訊かないの」

「誰がパパで誰がママだ。いや、言わなくていい。ねえ詠ちゃん、あれ、なんなの？」

俺の服を引っ張っていた詠ちゃんは、確かに何か言いたげだった。

「あのね、あれボクの力なんだよ」

首をかしげると、詠ちゃんは、うんっ、と微笑《ほほえ》んだ。

「ボクね、昔はあの庵に住んでいたの。みんなが来るようになって、それからあのお城に住みはじめたんだ。でもね、ここにずっといたせいもあるのかな。欲しいものがあるとね、ボクの力が作用して何でも出てくるの。ご飯だけじゃないよ？　自転車だって出てきたし、野球の道具もあった。写真立てとかぬいぐるみとか……願った人が思い浮かべたものなら、何でも出てくるよ！」

怪異らしい、常識外《はず》れの力である。なんだか誉めてもらいたげだったので頭をなでてやり、すごいね、と声をかけてから黒川に耳打ちをする。

「黒川、俺正直言ってあんまり理解できない」

「まあ、自然の摂理を色々と歪《ゆが》めてはいるものね」

黒川の声は固く、けれど手はいつまでも詠ちゃんの頭をなでていた。

「じゃあ、次はこちらを見てもらいましょうか」

佐倉大和さんの一声で、魔法の俺とやらの見学は終わった。俺たちはそのまま大和さんについていく。詠ちゃんだけが無邪気に、俺と黒川の腕にぶら下がってブランコ遊びをしていた。野波さんは水戸先生と何やら話していた。

なんとなく、呆気《あっけ》に取られたというか。

俺から何でも出てくるという事態に、妙な寒気を俺は覚えていた。

ここは特殊な場所だ。だから超自然的なことも起こる。けれどそれはなんだか、嫌だった。胸のわだかまりを消したくて、俺は前を歩く稿弐さんに尋ねる。

「この村って、水戸先生たちがつくったんですよね？」

「ん？　ああ、そうだよ。いまから十年も前のことだ。俺たちはね、都会ってものにうんざりしていたんだ。すごく寂《さび》しくて、人の温かみってものがない。だからどこかにね、俺たちだけの村をつくろうって思っていたんだよ」

都会には人の温かみがない。どこかで聞いたような言葉だ。大和さんが俺たちに尋ねる。

「どう？　みんなは隣の家の人とかと、ちゃんとあいさつする？　喋《しゃべ》る？　隣にどんな人たちが住んでいるのか、把握できている？」

「……なんだか社会科の授業を受けているみたいです」

ははっ、と稿弍さんがかすれた笑いを飛ばす。

「年を取ると説教くさくなるんだ。とにかく俺たちはさ、村ってものに憧《あこが》れていたんだ。都会の人の冷たさに、辟易《へきえき》したんだよ。そんな折、水戸先生が声をかけてきてくれた」

「たまたま、私も探していたんですよ。この辺《あた》りを管理してくれる人がいないかとね」

水戸先生もにこにこと懐かしげに語った。

「この辺りの土地は水戸先生の持ち物なのかしら？」

黒川が話題に入ってきた。水戸先生が答える。

「ええ、そうです。ここに私と詠だけが暮らしていました。ですが、あまりにそれではわびしいからとね。神田《かんだ》さん……当時の代表さんと私が協力して、ここを興《おこ》したんです」

「神田さんの死は、無駄にしませんよ」

死。唐突に出てきたその単語に俺と黒川の視線がかち合う。事件の匂いを感じ取ったのだ。それがわかったのか、大和さんが、ああ、と付け加える。

「当時私たちの代表だったのは神田才《さい》という女性だったの。彼女もここの暮らしを気に入っていたんだけど、不幸な事故で亡くなっちゃって」

この村ができあがった経緯はおおよそわかった。なるほど、と言ってから俺は尋ねる。

「みなさんは、この村から出ようとしたことはありますか?」

大和さんが首を横に振り、答える。

「ううん。ない。さっきの俺、見たでしょう? あんなに便利なんだもの。わざわざ都会へなんて行く必要もないし、外へ出なくても満ち足りているのよ。出る理由がないわ」

さらに稿式さんが続けた。

「家だって、欲しい家が一晩経《た》ったら建ってしまう。こんな奇跡的な場所は他にないよ。理想郷を出ていく必要はないんだ」

理想郷。その言葉を現実のものとして聞くことがあるとは思わなかった。「出る必要がない」という回答そのものはある意味、予想してもいたけれど。

逃げたい人間がいるなら、すでに問題になっているはずだから。

「外への好奇心、欲求はないのかしら」

黒川の問いかけにも、稿弐さんは首を横に振った。

「ないよ。君たちも、ここに一か月……いや、一週間もいればわかると思うよ」

そんなに長居するつもりはないのだけれど、と言ってから黒川がさらに続ける。

「ネットをしていれば、自然と欲求は高まると思うのだけど」

「ネット……インターネットかい？　あれはあまり好きじゃないんだ」

苦《にが》い顔をする稿弐さんに代わってか、大和さんが補った。

「私たちは携帯電話とかインターネットとか、そういう人間同士の繋《つな》がりを断つようなものが好きではなかったんです。村に憧れた一因でもありました」

「携帯電話もインターネットも、人間同士の繋がりだと思うんですが……」

別に機械と話しているつもりはない。しかし稿弐さんは俺の言葉に首を横に振る。

「人と人が直接話しあう、というコミュニケーションが最良だと俺たちは考えているんだ。だから誰もネットなんて必要としていないし、この村にも持ちこむことはなかったんだよ」

どのみちこの辺りは山の中で圏外だし、携帯電話は使えない。

「インターネットや携帯電話のみで繋がる関係はダメだと俺たちは思う……着いたぞ」

木々の間を抜けて、開けた場所へ出る。ゆるやかな傾斜を下っていくと、そこは青い空に映《は》えて見える、綺麗なススキ野原だった。ずっと向こうに電線を張った鉄塔が見えて、妙に懐かしくなる風景である。

「本当はね、夕方に見てもらいたいの。すごいから」

ふふっ、と笑う大和さんの顔は、どことなく宝物を見せる子どもみたいに明るかった。

詠ちゃんも「すごいよ！　すごいんだよ！」とはしゃぎ、ススキの中に入ってぴょんぴょん跳びはねる。何がすごいのかわからないが、これだけでも十分いい光景だった。

隣に水戸先生が来て、鉄塔を指差した。

「あれはね、この村の終わり。果てなんだ。君たちは逆から入ってきたみたいだけど、あっちにも道があるんだよ。まあ、出られないんだけどね」

出られない。その言葉に、俺はどうしても佐倉さんたちに尋ねたくなった。

「佐倉さん……出られないことや、何でも手に入る便利さに対して、不自然な気持ちってありませんか？　こんなの、絶対にあり得ないことなのに」

稿弐さんは、うーん、とうなってからあっけらかんと答えた。

「正直、あるよ。でもね、受け入れたらそれは心地のいいことだから。あんまり頭は良くないほうだしさ、俺は何も考えない。ごちゃごちゃ考えずに、目の前にあるものをあるがまま受け入れる。そういうスタンスなんだよ」

受け入れたのか、この生活を。

理想郷といえば確かに理想郷ではある、この場所を。

「パパ、ママぁ！　来ないのー！」

ススキ野原を泳ぎながら詠ちゃんが叫ぶ。大和さんは「行かなくていいの？　詠様、呼んでいるよ」と笑っていた。まあいいかと、俺はそれに乗ることにした。

「俺たちは先に戻って昼食をいただいているから、ちょっと遊んだら戻ってきて。早く来ないと、全部食べちゃうぞ」

「子どもに意地悪なこと言わないの。じゃあ、また後で」

「ああ、そうでした。お二人に、少しお話が……野波さん。詠をお願いします」

「はい。あの二人の監督も任せてください」

佐倉夫妻と水戸先生がススキ野原を後にし、俺たち四人が残った。詠ちゃんが呼んでいる。

俺は黒川に「行くか」と告げてススキの中に入る。黒川は「ふふふ、やっと槍牙くんが育児に目ざめたのね……」とか残虐《ざんぎやく》そうな笑《え》みでつぶやいていたが、気にしない。鬼ごっこでもするみたいに詠ちゃんを追いかける。背の高いススキの中では、詠ちゃんの小さい体は見逃してしまう。体力差、体格差が思ったより関係ない追いかけっこになってしまった。

「あら。詠かと思ったら槍牙くんだったわ」

あと時々、絶対にわざとだろうという喜色満面の黒川に捕まるので困る。五分か十分ぐらい遊んで、ようやく詠ちゃんを捕まえられた。

「あー、捕まったー！」

いつものしかかってくる黒川と比べると、びっくりするぐらい小さくて軽い体。昔、妹と遊んでやったときの感触にも少し似ていた。ススキをクッションにするように、俺と詠ちゃんは倒れた。しっかりと汗をかいてしまい、また風呂に入りたくなる。

腕の中で詠ちゃんが楽しそうに笑い、俺の首に黒川の腕が蛇《へび》のように巻きついてくる。

「ああ、ようやく槍牙くんを捕まえたわ」

「黒川、なんかお前だけ違う遊びをしている気がする」

「ええ、私はいつだって槍牙くんに本気だもの。遊びじゃないわ」

「パパとママ、面白いねー」

詠ちゃんは漫才でも見ているような評価を下した。違うんだよ、そもそもパパじゃないからと教えたいが、なんだかいまさらな気分にもなってきた。遠くで野波さんがあやとりをしているのが、ススキの隙間《すきま》から見える。

「ねえ、詠ちゃん」

ススキ野原の真ん中で仰向《あおむ》けに倒れたまま、俺は彼女に問いかけた。

「俺たちの願い事、聞いてくれないかな」

「……聞いてあげたいけど、無理なものは無理だからね」

背の高いススキで区切られた空は狭い。俺は詠ちゃんの体をぎゅっと抱きしめた。

「どうしても、助けたい人がいるんだ。詠ちゃんの力が、助けになるんだよ」

「うん。でも、ごめんね。パパ。ボクはここから、出られないよ」

俺の首にかぶりついている黒川が「槍牙くん、灯のことをそんなに助けてあげたいなんて思わなくていいのよ、槍牙くんがそうやって守ってあげたくなるような人間は世界で私だけでいいの」と見当違いのつぶやきをもらしているが、無視する。

詠ちゃん、ともう一度、願った。彼女は首を横に振る。

「必要としてもらえるのってね、すごく嬉《うれ》しい。でもボクはもうそれ、手に入れちゃっているんだ。先生とか、大和さんとか、稿弐さんとか、他にもいっぱい。色んな人がボクを必要としてくれている。だから、満足なんだよ」

誰かに必要とされるのは、嬉しい。俺にもわかる。最悪器官とわかり、誰からも恨《うら》まれて憎まれるだけだった俺が、黒川夢乃に必要とされていたと理解したとき、本当はすごくすごく、嬉しかった。自分が最悪器官と知った直後はむしゃくしゃしていたけれど。あそこで心が折れなかったのは、黒川が俺を求めてくれたからだとわかっていた。

詠ちゃんが俺の腕をぎゅっとにぎってきた。

「それにボクはね、万能じゃないよ。運を操るってパパは言っていたけどね、場面によってはそういうこともあるけど——でも、基本的には人の願いをちょっと叶《かな》えられるだけ。それも、思い浮かべられるものじゃないと無理なの。誰も見たことのないバイクなんて言われても出せなかったし、食べたこともない美味しいもの、なんていう注文も受けつけなかった」

黒川が俺の首にしがみついたまま尋ねる。

「詠が出せるのは、物だけなのかしら？　くじ運を高くして一攫千金《いっかくせんきん》を狙ったり、毎日ちょっとずついいことがあるなんてことではないということなのね？」

「うん。そういうのは無理なんだ。ボクはお薬を出せても病気そのものを治すことはできないし、包帯や湿布はあげられるけれど怪我《けが》は治せない。それでもいいなら、言って。パパたちは、何が欲しいの？」

「……さあねえ」

そう返事をしながら、俺は空を仰いで息をつく。

灯さんの、俺たちの願いを叶えることはできないかもしれない。いや、いまの説明だけ聞いたらどうあがいても無理だ。徐々に詠ちゃんを抱きしめる力が抜けてきてしまう。

そうか。水戸先生が言いたかったのは、そういうことか。

彼女は万能でなく、いかなる奇跡を起こせるわけでもない。あくまで即物的に、欲しいものがあったらくれるというだけの存在なのだ。それでももちろん、十分すごいのだけど。

詠ちゃんがなぐさめるように俺の腕をぽんぽんと叩き、優しく言った。

「パパ。お腹すいたよ。みんなでご飯を食べよう。大丈夫。ここにはね、外に色んなものを置いてきちゃった人もいる。でもみんな、いまは幸せなんだ。だからね、パパも、いつか」

幸せになれるといいね。詠ちゃんがそう笑う。でも。

このままだと俺は、二年後に死にたくなるほど、不幸になるんだよ。

その言葉は、言えなかった。

不意に、そいつがススキの間から見えた。

鉄塔の影と並ぶように、一人の男が立っている。いや、男かどうかはわからない。編《あ》み笠《がさ》を深くかぶり、顔が見えていないからだ。鉄塔のてっぺんと編み笠の上がちょうど同じ

Kaidan Kanojo

高さだった。しかし近くにいる気がしない。距離感がつかめない。漆黒《しっこく》の袈裟《けさ》みたいなものを着て、先の円《まる》い錫杖《しゃくじょう》をにぎっているからお坊さんかな、と思って詠ちゃんに尋ねる。

「ねえ、詠ちゃん。あれも、村の人？」

「え？」

詠ちゃんが見上げる。そこにいたものを見た瞬間、沈黙が流れた。ぎゅ、と黒川が俺の首を抱きしめる腕の力を強くする。どうした、と問うより早く、黒川がつぶやいた。

「何、あれ」

「何って、お坊さんじゃないの？　僧侶《そうりょ》って言うんだっけ？」

違うわ、と黒川が即座に返して立ち上がる。襟《えり》を引っ張られ、俺も起き上がった。抱かれたままの詠ちゃんが、完全に固まってしまっている。どうしたんだろうと顔をのぞき見ると。

見開かれた目が、半開きになった口が、恐怖の表情となっていた。

「……詠、ちゃん？」

「……いや」

か細い声だ。けれどそれは、次に絶叫となる。

「いやあああああ！」

「槍牙くん逃げて！　私が行く！」

ベルトにでも引っかけていたのか、日傘《ひがさ》を振るいながら黒川が影に向かって駆けだす。

それでようやく、気づいたのだ。

僧侶は異常に、背が高かった。いや、体全体が巨大だった。黒川の倍ほども身長があるだろう。だから距離感がつかめなかったのだ。そいつが錫杖を両手で振り上げ、黒川に——

「黒川ぁ！」

「大丈夫ですね！　それより化野詠を！」

さっきまでススキ野原の外であやとりをしていたはずなのに、いつの間にか近くまで来ていた野波さんが俺の腕から詠ちゃんを奪い取った。

黒川のほうを見る。黒川は錫杖が当たるより素早く相手の懐《ふところ》へ飛びこむと、日傘を叩《たた》きこんだ。怪力なのは知っているが、それでも冗談のように巨大な僧侶が崩れた。そのまま地面に倒れるより先に、すううっ、と消える。

ふふん、と勝ち誇った息の音がここまで聞こえた。黒川はくるりと身をひるがえすと、たたたたとススキをかき分けて戻ってくる。

「さあ槍牙くん安心して！　怪しい奴《やつ》は私がいまぶちのめし——」

一瞬だった。どこにいたのか。どこから現れたのか。まったくわからないほど、瞬《まばた》きをしたら存在していた。

いましがた倒したばかりの、あの僧侶の怪物が。

「黒川、後ろ！」

こちらに駆けよってくる黒川の目がはっと見開かれた。首だけで振りかえるころには、怪物がこちらに一歩踏みだしてきた。ずしんっ、と地響きがこちらにまで聞こえ、足元がぐらつく。生物学的にあり得ない巨体、黒川が殴《なぐ》って消し飛ばせる相手。何故《なぜ》消し飛ばしたはずなのに、ふたたび立ち上がってくるかはわからないが——

怪異だ。俺は黒川に向かって走り、その手をつかんですぐ切り返す。

「逃げるぞ！　あれ、怪異だ！」

「ええ、そうみたいね！」

ずしんっ、ずしんっ、と規則的な足音にゆさぶられながら、俺たちは怪物から逃げる。見た目通りの重量らしく、その足音は大きく響いていた。ススキを割って走ると、野波さんが詠ちゃんを背中に隠すようにして構えている。

「巻きこまれないでくださいね！」

すでに糸で罠《わな》を張ったのだろう。俺と黒川はとにかく、野波さんへと足を動かした。

野波さんの脇を過ぎた直後、後ろでどぉんっ！　という音がした。振りかえると、巨人の姿はない。いまのは怪物が倒れた音だろうか。

「良かった、ありがとう野波さ」

「まだ来ますね！」

野波さんの叫びと同時、再び巨大な影が俺たちの後ろに現れ、そびえ立つ。黒川の手が俺から離れ、もう一度巨人に立ち向かう。俺は詠ちゃんを抱き上げた。彼女はぶるぶると小刻《こきざ》みに震えている。

「いい加減、にぃ！」

気合いの声に乗った攻撃は見事に巨人のすね辺《あた》りに叩きこまれ、巨人が消えた。

そして、また復活する。

「きりがないですね！」

野波さんの叫んだ通りだ。いくら攻撃しても復活するのだから、倒しようがない。

「どこかに本体がいるはずですね！　そいつを叩けば消えますね！」

唐突に襲われたせいで分析が間に合わない。俺たちは怪物の移動に合わせてゆれる地面に足をとられつつ、ススキ野原から出る。その際、野波さんが糸を使って何かやっていた。

「野波さん！」

「結界張ってから行きますね！　三人はさっさと逃げていてくださいね！」

「行くわよ、槍牙くん。詠、大丈夫？」

詠ちゃんを気遣《きづか》うも、俺の首にしがみついて怖がるだけで詠ちゃんは返事をしなかった。怪我《けが》はしていないようなので、とにかく怪物から距離を置く。

野波さんが結界を張ってくれたおかげだろう。そいつはいきなり見えない壁に激突したかのように弾《はじ》かれ、動きを止めた。野波さんもすぐこちらへ走ってきて合流した。

「とりあえず、先生や村人たちと合流ですね！」

水戸先生にも協力を仰《あお》いだほうがいい。それはわかりきっていることだった。


広場にはテーブルが出され、佐倉稿弐さんと大和さんが中心となって、昼食会がおこなわれていた。立食パーティーみたいな雰囲気は青い空の下でにぎわっており、百人と言っていたが、実際それぐらいはいそうな人たちが楽しげに料理や飲み物を味わっている。

怪物が迫っていることには気づいていまい。俺は叫んだ。

「みなさん！　ここは危険です！　早くどこかに避難してください！」

きょとんとした顔で村の人たちは俺たちを見る。稿弐さんが眉をひそめてこちらに歩みよってきた。

「どうしたんだい？　詠様もそんなに震えて……」

「巨大な僧侶《そうりょ》みたいなのがいて、ええと」

何人かが「僧侶」という単語を聞いた途端にびっくりした顔をした。何か心当たりでもあるのだろうか、大和さんが血相を変えて尋ねてくる。

「そ、その僧侶って、どこに？」

あっちです、といま来た方角を示すと彼女はみんなに避難するように呼びかけた。すぐに全員が逆方向へと走りだす。

稿弐さんだけはつかまえ、水戸先生の居場所を尋ねる。

「いや、知らない。お城じゃないのかい？」

僧侶を警戒するように後ろを向いていた黒川と野波さんへと声をかけた。

「お城だ！」

「ええ、わかったわ」

俺と黒川と野波さんとで城までダッシュする。胸の中の詠ちゃんは震えを止めていたが、何も喋《しゃべ》らない。城まで数メートルの位置で、野波さんが舌打ちをした。

「結界、破れましたね！　あいつが来ますね！」

ススキ野原からここまではまだいくらか距離がある。だが油断はできなかった。

城の中へ入る。吹き抜けも多く扉の少ないこの建物の中では、多少の音でもあちこちに響く。大声で水戸先生の名前を呼んだ。しかし、反応はない。

「ねえ、パパ」

「え、あ、何？　詠ちゃん」

詠ちゃんがか細い声で俺を呼び、もぞもぞと体をくねらせた。床に降りたいのだと悟《さと》り、降ろす。

もう震えておらず、しっかりした目つきになって、詠ちゃんは俺の手を引いた。

「こっち！」

何かあてでもあるのだろうか。そう問いかけるより早く、詠ちゃんが地下へ行く階段に案内してくれた。地下室まであるのか。

ずしん、ずしんと振動が響く。奴《やつ》が近づいてきている。石造《いしづく》りなのでレンガなどが落ちてきそうな気がして怖いが、気にしている暇などない。黒川が後ろから「これで城ごと落とされたらアウトよ」と固い声を出した。

「ここ！　入って！」

辿《たど》り着いたのは、四畳ほどの空間だった。しかし西洋風の石造りではなく、畳部屋《たたみべや》だ。

その部屋に飛びこみ、黒川が俺と詠ちゃんを壁際に押しつけるようにして抱きつき、野波さんが扉を閉めて構える。

不思議なことに、ここでは振動がない。

「詠ちゃん、ここは……?」

薄暗く、何もない小部屋は妙に心が落ちついた。全力で走っていた分だけ息切れはしたものの、すぐに回復してしまう。

詠ちゃんが、ここはね、と俺にしがみついたまま教えてくれた。

「先生がつくったシェルター。あの怪物からボクを守るためにつくってくれた部屋なの。でもここに先生は来ていないみたいだから、どこに行ったのかわからない」

水戸先生はここにいるのではという確信があったようだが、詠ちゃんの読みははずれたようだ。

「なるほど。あいつだけは入れないというわけですね」

「うん。怪物が石を落としても壊れないんだって」

結界術のなせる業《わざ》だろう。ふうん、と言いながら黒川が部屋を見回した。

「そういう対策が取られている、ということは、相手の正体がわかっているということよね? 今回だけじゃなく、以前も暴れたことがある」

「……うん」

詠ちゃんの声が沈む。黒川の目が細められ、きつく問いつめる口調となった。

「ねえ、あいつの正体は何?」

「ごめんなさい」

詠ちゃんが謝罪した。野波さんが真っ先に反応した。黒川を押しのけて詠ちゃんを俺から引きはがし、肩をつかんで詰問《きつもん》した。

「あいつは一体何なんですかね! 答えてくださいね!」

野波さん、と声をかけるも勢いは止まらない。詠ちゃんは泣く直前のようなつらい声で答えた。

「あれは……昔、神田さんを殺した、もの……」

黒川と目配《めくば》せをする。神田さんというのは、十年前にこの村を開いたときの代表だったとかいう人のことだろう。事故と聞いたが、違ったのか。

あの怪物が、殺したというのか。

「村の平和を乱す者を排除しようとするの。あのね、ボクの力で、出ているんだけど、ごめんね。あの、ボクはコントロール、できないの」

「座敷童子《ざしきわらし》の力で出ている……ってことは、誰かの願い、っていうこと?」

詠ちゃんは渋い顔のままうなずく。泣きそうになっている彼女を咎《とが》めないよう、なるべく柔らかい言葉で俺は尋ねた。

「誰の願いなの？」

「みんなの、願い」

みんな？　俺も黒川も野波さんも、眉根《まゆね》を寄せて互いを見合った。

「この理想郷を終わらせたくないっていう人たちの、無意識の願い。口に出したわけじゃないのに、ボクの力が反応しちゃうの。この理想郷を終わらせようとする者を、排除しようとしている」

だからね、と詠ちゃんが続ける。

「パパたちを、排除しようとして出てくるの。あいつは、ボクの恐怖の形なんだ」

俺たちがここへ来て、座敷童子を連れていこうとした。それを知っているのは水戸先生だけだろうか。いいや、もしかすると水戸先生は、すでに何らかの手段で村の人たちに話を通してくれていたのかもしれない。

ともあれ、俺たちはこの村の人たちからすると外敵なのだ。

理想郷を奪おうとする、天敵。

それゆえ、座敷童子の力が願いに反応した。

この村を守るという——つまり、俺たちを排除するという、願いに。

「……ごめんね、みんな。ボクはまた、殺してしまうんだ」

神田才。俺たちはその人となりを知らない。けれども、彼女もまたこの不自然な理想郷に何か思うところがあったのだろう。黒川の言った「歪《ゆが》み」のようなものを感じ取り、この箱庭を嫌ったのではないかと思える。

だから、死んだ。村の人たちの、言葉にもしていない小さな願いを汲《く》み取った座敷童子の力が、あの怪物を産んだのだ。

「あの怪物、どうすれば止まるの。詠ちゃん」

俺の質問を受け、詠ちゃんがぱっと顔を上げた。目がしょぼしょぼと潤《うる》み、がさがさになった声で痛ましく答える。笑顔のままで。

「目的を果たすか……ボクが死んで、消えたら」

そしたらもう、あの怪物は現れないよ。

俺にはそれが、悲鳴に聞こえた。

*

後悔ばかりしてもしょうがない。なのに、私は悔《く》い続けた。

私は永遠にこの村から出るつもりがなかったがため、あまりに強力な結界を張ってしまったのだ。等価交換——強い結界を張るために価値あるものを犠牲《ぎせい》とする技だった。それは当時にしてみれば、いつまでも詠のそばにいるという決意の強さであったが、いまになってみれば重荷でしかない。

ゆえにその名を『愚者《ぐしゃ》の結界』と名づけた。

村を囲う結界は、私の命とリンクしている。

だから斉藤くんたちが詠を外へ連れ出すには、私が死ぬしかない。

一度、遭難した子どもを結界の外でみすみす死なせてしまったときに解除した際、心臓が停止したことがある。心得のある村人に適切な処置をしてもらったのでなんとか一命はとりとめたが、それ以来激しい動きは長くもたない。動悸《どうき》が激しく、いつも詠の力が出してくれる薬を飲んでいる状態だ。

もう一回結界を解除したら、確実に私は死ぬ。

それでも——それでも私は。

彼らのために、尽くさなくてはならないのかもしれない。

私のせいで地獄のような生き方をしてしまった、詠のために。

あの子の、真なる幸せのために。

第三章

怪異の彼女と彼女の願い

人間だったときのことで覚えているのは、座敷牢《ざしきろう》のことだけだ。

座敷牢という名前だと知ったのは後のことだったけれど、つまりは窓もない場所に閉じこめられてボクは育ったのだ。木でできた格子《こうし》越しに無人の部屋が広がっていて、たまに襖《ふすま》が開いて無口なお婆《ばあ》さんがご飯を持ってきてくれる。それを食べる他には寝ているか、ぼんやりしているか、どちらかだった。

無口なお婆さんは時々、ボクの髪を櫛《くし》ですいたり、ハサミで切りそろえたりしてくれた。ボクは言葉を知らなかった。話すことも理解することも、読み書きなんてもちろんできなかった。いまにして思えば動物みたいなものだったのだと思う。

実際にボクを利用しておこなった実験だって、本来ならば犬を使ったものだった。

「そろそろ、いいだろう」

ある日、お坊さんが来た。ボクはそれをお坊さんだなんて知らなかったし、お婆さんじ

ゃない人だ、というぐらいの認識だった。話している言葉もわからない。ただ、その人がボクに話しかけているんだなとわかったぐらいだ。先に丸い輪っかのついた長い杖《つえ》を持っているその人は、ボクを座敷牢から出した。

初めて外に出た。物心ついたときからいたので、なんだか悲しい気持ちだった。部屋の外は見たこともないものばかりで、きょろきょろとしていたらお坊さんがぎゅっと腕を引いてきた。痛くて叫んだら頭を叩《たた》かれたので、ボクは黙った。黙っても痛くて痛くて仕方がないから、とにかく顔を下に向けてお坊さんについていった。

外というものを知った。

青空も風も、とても気持ちがいい。ボクは少し幸せな気持ちになってお坊さんに連れていかれて。

いきなり、顔を殴《なぐ》られた。

腕を引かれたことよりも何倍も痛くて、最初はぽかあんとしてしまった。けれど呆《ほう》けて涙がじわりと出るより早く、今度はお腹《なか》に杖を叩きつけられる。息ができなくなってもがいていると、髪をつかまれてぐっと持ち上げられた。ぶちぶちっ、という音がして、ああ、お婆さんが昨日《きのう》整えてくれたばかりなのにな、と悲しくなる。でも、顔がとにかく痛くて、頭皮の痛みなんて気にならなかった。

引きずり回されて、ボクは狭い穴に落とされた。そこは肩まですっぽり埋まるような深い穴で、ボクは座ることもできなかった。首だけは地面の上に出ていたので息苦しくはなかったけれど、土の中はひんやりと冷たかった。

そうこうしているうちにお坊さんがスコップを持ってきて、穴にどんどん土を入れていった。土に触れるのは初めてだったけど、冷たくて、少し湿っぽくて、服や体が汚れることが嫌だった。それに多分、埋められたら動けなくなると思って怖かった。助けを求めて叫んだ。嫌だと体をゆすって抵抗した。それでもお坊さんは無視して、あるいはボクの顔を蹴《け》りつけてきた。ボクが首以外、すっぽり土の下に埋まってしまうまで。

そうだ。ボクはこのお坊さんが、すごく怖かった。

地面に首だけ出ているボクにとってすごく大きくて、ものすごく怖い人だったのだ。恐ろしい存在だった。

お坊さんはボクの前にご飯を置いた。お婆さんがいつも持ってきてくれたもので、ああ、美味《おい》しそうだなあ、とながめていた。ただそれだけだった。もちろん、ボクは腕を出すことができない。いい匂《にお》いがしている。いつもお腹が空《す》いた頃合いに食べることができたご飯が、目の前にあるのに食べられない。

悲しくてぽろぽろと涙が出た。涙は塩辛《しおから》い。夜の空気も、空の美しさも、ほとんど意識できない。すべてがボクの中を素通りしていった。代わりに内側から、これまで感じたことのない気持ちがあふれてきて、目から流れ出る。口から嗚咽《おえつ》となってもれて、いくらでも悲しみがこぼれていった。

同じことが何度も続いた。朝日がのぼっても、月がのぼっても、何度もお膳《ぜん》はお坊さんの手によって下げられた。ボクがいくら渇《かわ》いても雨さえ降らなかった。

お婆さんがお膳を持ってきたり下げたりすることもあった。そのたびに懇願するのだけれど、お婆さんは小さいしゃがれた声で「ごめんね」とつぶやくだけで、ボクを真《ま》っ直《す》ぐに見ることもなかった。でも、お婆さんが怖いということはなかった。

お婆さんがお膳を持ってきてくれたとき、髪、とお願いしたことがある。言葉で願ったのではない。うめき声みたいなものを出しただけだ。お婆さんに髪をいじってもらうのが好きだったことを思い出して、うめいたのだ。お婆さんは言葉にすらなっていない声を理解してくれ、ずっと土に埋もれていた髪はさぞがさがさだったろうけれど、頼みを聞いてくれた。丁寧に土から出した髪を水で洗い、櫛ですいてくれた。

それから何度も何度もお婆さんは髪を整えてくれた。自分で見えなかったけれど、いつもの優しい手入れの仕方だったからわかった。ごめんね、って言うと、やっぱりお婆さんは、ごめんね、としか返事をしてくれなかったけれど。

ボクはこのとき、「ごめんね」という言葉を覚えた。

十回ほど髪を整えてもらった後、お婆さんは殺された。

ボクの目の前でお坊さんに殺されたのだ。お坊さんはボクに何回も何回も「お前のせいだぞ」と言いながら、お婆さんの首を絞めて殺した。お婆さんの死体はずっとボクの目の前に置かれ、蛆《うじ》が湧いて肉が腐るところをずっと見せられた。

ボクはそのとき、悲しかったのか苦しかったのか、覚えていない。ごめんね、というお婆さんの言葉をずっと繰り返していたと思う。お婆さん、ごめんね。ごめんね。そう言っていればお婆さんが生き返ってくれるような気がして、ずっと口にしていた。痛かっただろうなと思う。ボクより苦しんで死んだのを、ボクは見ていた。

そのうち、ボクも死んだ。死んだはずだった。一度だけ真っ暗な世界にたたずむ夢を見たのだ。ごめんね、ごめんね、というお婆さんの声が、その世界では響いていた。

不意に、ぐいっと体を引っ張られた感じがして起きた。起きたはいいが、そこは暗い場所だった。狭い場所に閉じこめられ、細い隙間《すきま》から光がこぼれている。そこは明かり取りのある扉だとわかって、幾度《いくど》も押した。何でもいいから、声を出して叫んだ。いつの間にご飯を食べたのか、空腹である感覚さえなく、叫ぶ力も湧いていた。

何十回も叫んでいると、誰かが走ってきた。白髪《しらが》交じりの髪に細い体の、知らない人だった。お坊さんでないことだけはわかったけれど。

外には錠前があったらしく、その人は鍵をがちゃがちゃといじって扉を開けてくれた。ボクのいた場所は小さい小屋で、床が地面から少し高いところにあった。男の人はボクを抱きかかえて、心配そうな声で言った。

「大丈夫かい？　どこか、痛むところはないかい？」

言葉の意味がわからなかった。ああ、とその人は笑顔をこぼして、言ったのだ。

「私は、水戸《みと》麒《き》一郎《いちろう》だ。君を助けに来た。つらかったね。大丈夫だよ。もうあの坊主《ぼうず》はいない。君は、もう誰にも支配されることはないんだ」

言っている意味はわからないのだけれど、その笑顔が味方なのだと思った。ボクはその人にしがみついて、一気に頭の中に、お婆さんが殺されたこととか、お腹が空きすぎてつらかったこととか、土の中でどんどんと体が固まっていったこととかを思いだし、大声を出して泣いた。その人はボクの背中を優しく叩きながら、ただ黙って泣かせてくれた。


ボクはそのとき、怪異になっていた。

お坊さんが用いた呪《のろ》いの儀式で人工的な座敷童子《ざしきわらし》になり、髪も眉も、真っ白になっていた。それを知るのは、もっともっと後のことだ。

このときはただ、水戸麒一郎——いずれ先生と呼ぶことになる人に、泣きついていた。

「黒川灯《くろかわともり》です。初めまして」

麒一郎が不愛想な背の高い男を連れてきた。髪の毛は短くて固そうだった。触《さわ》らせてほしい、と言うと男は怪訝《けげん》そうな顔をした。それでも許してくれたので、悪人ではない。わしゃわしゃと触らせてもらいながら、灯と名乗った男は霊能力者なのだと知る。

髪の毛が、好きだった。お婆さんが優しく整えてくれたことだけが、あの座敷牢《ざしきろう》の中での、そして土に埋められた後での唯一の安らぎだったからだろう。

ボクは麒一郎に助けてもらった日から、多くのことを学んだ。言葉も知ったし、怪異という存在がこの世界にいることも理解した。

自分が、周囲の願いを叶《かな》えてしまう怪異、座敷童子《ざしきわらし》だとも。

「君の名前は？」

「ボクは、化野詠《あだしのよみ》っていうの」

これは麒一郎がくれた名前だった。ボクを産んだ両親の名字と、麒一郎の尊敬する友達の名前をくっつけたものだという。いい名前だと思った。名前をもらうのは嬉《うれ》しいことだというのも、いまのボクは知っている。

灯はボクがいくら髪の毛を触っても嫌がることなく、泰然と構えて告げる。

「先生が亡くなったら、俺が君のお世話をするんだってさ。ま、あの人まだまだ死なないと思うけど」

「先生って、麒一郎のこと？」

ああ、と灯が言った。先生と呼ぶのは尊敬の証《あかし》で、さらに言えば教え子が教師に対して呼ぶものらしい。せんせい、という響きがなんだか面白かった。

「ボクも先生って呼ぼうかな」

「怒らないと思うけどね。いきなり呼んだら面食らうかもしれないな」

一通り髪の毛を甚能《たんのう》したので、ボクは灯の膝《ひざ》の上に乗る。灯は体が大きいから、麒一郎に比べてずっと座りやすかった。大きくて不愛想で声が低いから灯は怖いはずなのに、不思議と構ってもらいたい雰囲気を持っている。頭をなでられるのも、くすぐったくて幸せな気分になる。

ボクは小指をぴんと立てた。

「この間、先生から教えてもらったの。指切りげんまん」

「何を約束するのかな？」

「先生に何かあったら、灯がボクのことをお世話してくれるっていう、約束」

「はいはい」

灯はボクよりずっと太くて長い指をからめて約束してくれた。麒一郎が人を連れてきたのは、これが最初のことだった。それから、ずっとなかった。

だからボクは、麒一郎に願ってしまったんだ。

誰かと一緒にいたい。寂《さび》しいと。

ボクはあの座敷牢にいたときよりたくさんのことを知って、寂しさも知ったのだ。


麒一郎は村落をつくりたいという人たちをいっぱい連れてきてくれた。佐倉稿弐《さくらこうじ》、犬山大和《いぬやまやまと》、それから神田才《かんださい》。周囲が一気ににぎやかになって、ボクは満足だった。麒一郎に何度もお礼を言った。麒一郎は嬉《うれ》しそうな顔で、ボクの頭をいっぱいなでてくれた。

「詠が幸せなら、いいんだよ」と言って、本当に幸せそうに。

移り住んだ人たちの代表だった神田才は、優しい人だった。人が何百万人も住むところにいたらしいのだけれど、そこでの暮らしに疲れたと言っていた。林業にも興味があったらしく、森の中は理想郷だと笑っていた。ボクが一人で住み、仕事のないときは水戸先生もいてくれるここが、理想郷だと。

神田才は少しだけ、あの無口なお婆さんに似ている女性だった。

みんながめいめいに木を伐採《ばっさい》し、ログハウスのようなものを建てはじめた。先生も色々と指示して、生活はずっと明るく楽しいものとなったのだ。

このとき、ボクはあくまで先生の孫という設定にしてあり、座敷童子《ざしきわらし》の力は一切使わなかった。病弱で（先生が結界を張っている）家から出られないということで、神田才をはじめ何人かあいさつをしてくれたぐらいのものだった。

みんなは土を耕し、田畑をつくり、木々を整え、電気のない暮らしをする。最初はすべてが満ち足りていた。笑顔があふれる、素敵な集落ができあがっていた。

けれどある日、誰かが不満をもらしたのだ。

電気が欲しい。夜も起きていたい。本が読みたい。いい服が着たい。この家は寒い。もっとしっかりした家が欲しい。ヨーロッパみたいな町並みにしたかった。虫が多くて嫌になる。カエルがうるさい。畑仕事がつらい。作物が育たない。家族に会いたい。電話が欲しい。綺麗《きれい》なトイレが欲しい。お風呂だってこんな原始的なのは嫌だ。自由に水が飲みたい。火をおこす手間が面倒くさい。

こんな不便なら、都会にいたほうが良かった。

不満は伝染していった。村は帰りたがる人と生活を改善していこうとする人に分かれ、そうして何人かが出ていった。もう周囲はにぎやかしくも、明るくもなかった。

ボクは人が出ていくことがつらくて、泣いた。だからだろうか。先生は私のために、村の周囲に結界を張った。もう誰も出ていくことのないように、強い結界を張ったのだ。

それは、先生が疲れている証拠でもあったのかもしれないけれど。

「詠。村の人たちがね、もっといい暮らしがしたいと、もっと楽しい生活ができるつもりだったと、嘆《なげ》いているんだ」

ここに彼ら彼女らを呼んだのは、先生だった。先生は咎《とが》められていた。特に誰に、というのではない。村人たちみんなに、お前のせいだと咎められていた。

お前のせいだ。それはお坊さんが、ボクの目の前でお婆さんを殺したとき口にした言葉。

「力を、使わせてくれないだろうか」

先生はきっと、疲れていた。悲しくて、つらくて、やっていられなくて、それで。

ボクに、願ってしまった。

座敷童子に。

「いいよ。先生。ボクが、なんとかしてみせるから」

「……ありがとう、詠。本当に、ありがとう。すまない」

それからボクは、庵《いおり》から出た。先生が森の中に張った結界は誰も逃さないようにという以上に、ボクの力の影響範囲を定めるという目的があったみたいだった。その結界の中で、ボクはただ立っているだけでいい。それだけで必要な作物が採《と》れ、山菜も生《は》え、庵の中からはみんなの願うものが何でも出てきた。坂道が多くてでこぼこだった土も形を変えて、ボクはみんなの都合のいいようにこの村を変えてしまった。

あくまで、自動的な力だ。ボクがあれこれ考えてできあがったものじゃない。

みんなはボクのことを「詠様」と呼ぶようになった。最上級の敬称なのだと聞いていたけれど、呼び方はどうでもいい。ただ、みんながボクがいることで幸せになっていることが、嬉しかった。

ボクは色んなことを知らなかった。だからこのとき知った「誰かに必要とされている」という感覚は、何ものにも代えがたいものだった。手放したくない宝物だったのだ。

神田才がボクの力に頼るのをやめたいと言ったのは、そんな暮らしが一か月ほど続いたときだった。それはある意味で、ボクが必要ではないということだったのだと思う。ちょっとだけ悲しかったけれど、神田才は優しい声音《こわね》でボクをさとした。

「あのね、詠ちゃん。人間はね、自分の足で、自分の力で立たなくちゃいけないの。もちろん、助け合うこともいいことだと思う。でもね、私は詠ちゃんの力に寄りかかって生き続けることは、絶対に良くないことだと思うの」

その考えは佐倉稿弐や、妻の大和ら村の人たちには都合が悪かったんだと思う。はっきり言って、神田才以外はボクに対して強く「必要としている」という気持ちがあった。自立したいと願うのは、村の中で彼女だけだったのだ。

だから、願いの強さが違ったんだろう。

村の中におぞましい気配が現れたのは、そんなときだった。そいつを見た瞬間、ボクはそいつが何をかたどっているのかがわかった。ボクの恐怖の形だと。

ボクを土に埋めて殺したお坊さんが、ずっとずっと大きい姿になって現れ、神田才を殺したのだ。一撃で殺された彼女の死は事故として扱われ、もうそのお坊さんは出なかった。

村の人たちも、ボクも、そのことを忘れた。忘れたまま生きたのだ。嫌なこともつらいことも、全部目をそらして。

結界のすぐ外で遭難した子どもが死んでいたときも、「詠様は俺たちの神様なんだから、もっとすごいところに住まないと」と願われてお城をつくってしまったときも、そこで人の笑い声を遠くに聞いていたときも。

ボクは、幸せだった。幸せなんだと思って、すべてから目をそらした。色んなことを願ってきたのだ。その結果、これだけのものが手に入ったのだ。これ以上は、わがままだ。

ボクは何も変化することのない村の中で、ひっそりと朽《く》ちていけばいい。そう思っていた。

斉藤槍牙《さいとうそうが》、黒川夢乃《ゆめの》、野波小百合《のなみさゆり》。

三人が、ボクを連れ出したいと願ってくれるまでは。

「……それが、あなたの物語なのね」

黒川夢乃──ママが、ボクにそう尋ねる。ボクはうなずいた。

さっき怪物の気配がなくなってから、ボクたちは外へと出た。結界にしばらく入っていたためか、怪物は消えていたのだ。それからみんなで一度ボクの部屋に集まり、パパだけが退場した。いまはお城のあちこちで先生を探しているはずだ。

ボクの恐怖の正体──あのお坊さんのことについて、またボクの半生についてもお姉ちゃんたちは聞きたがった。パパはある理由により、またそもそも霊能力者じゃないということで、先生を探しに部屋の外に出てもらっている。

壁にもたれて立っていた野波小百合のお姉ちゃんがつぶやいた。

「本来ならばいまの話に出てきた儀式は、犬神《いぬがみ》の作り方ですね」

「うん。先生もそう言っていた」

犬神の作り方とは、痛めつけた犬を首だけ出して生き埋めにし、散々腹を空《す》かしてから殺すという残虐《ざんぎやく》きわまりない儀式だった。最後にその死体を祠《ほこら》に奉《たてまつ》って神様とする。尋常ではないほどの強く深い恨《うら》みを持って死んだ犬は、祟《たた》り神《がみ》となる。祟り神でも神様だ。それは手順を踏んできちんと奉れば、人の願いを聞く神様になるという。

そんな道徳に反した儀式は、当然ながら犯罪だ。許されることではない。そもそも成功率は低かったと先生は見ている。

つまり、ボクはある意味で成功例だったというわけだ。

「槍牙くんが聞かなくて良かったわ。こんな残虐な話、聞かせたくないもの」

「それ以前に最悪器官が発動しかねませんね」

パパがここにいない主たる理由は、その最悪器官という力のためだった。怪異にまつわる話をパパが聞いて感情をゆさぶられれば、それは現実のものになってしまうというのだ。

とはいえ、ボクはもう現実のものなのだけれど。

「ともあれ、あの怪物の正体もおおよそわかったわね。まあ、打開策はないけれど」

「私たちの排除を目的としていて、基本的に不死身というわけですね」

「もっとも早くて確かな方法は、詠をどうにかするということよね」

ごめんなさい、と言うとママが「いえ、いいのよ。あなたは悪くないし、何もしないわよ」と頭をなでてくれた。パパはよく「黒川にはあんまり近づいちゃいけないよ」とさとしてくるけれど、ボクにとってママはすごく優しいママだった。指輪がごつごつ当たるのは、たまに痛いけど。

でもママ、ごめんなさい。パパもお姉ちゃんも、ごめんなさい。

こんなことになったのは、ボクのせいだ。

お姉ちゃんは元からあまり目を合わせてくれないし、きっと怒っているんだと思う。灯ぐらいとっつきにくくても平気だったのに、いまはもう、近寄れない。

ボクが、あんな怪物を生み出してしまったから。

「とりあえず、私は槍牙くんに事情を伝えにだけ行ってくるわ」

「最悪器官を発動させないようにしてくださいね」

わかっているわよ、とひらひら手を振ってママは出ていった。ボクとお姉ちゃんが残り、ちょっと沈黙が生まれる。なんとなく、ママがいないだけで居心地がすごく悪くなってしまう。ママは相変わらず優しいママだったけれど、そのママがボクを置いて出ていってしまったのはなんだか、つらかった。

ふう、とお姉ちゃんは息をついた。

「怪異に関わると、どいつもこいつも不幸にばかりなりますね」

「……はい」

「あなたはそういうものは救えないんですかね？」

「多分、無理だと思う……」

座敷童子《ざしきわらし》の叶《かな》える願いは、物質的なものばかりだ。概念的な幸せを都合よく運べるわけではない。

わかっていますね、とお姉ちゃんは返してまた黙った。

怒っているのだろう。ボクはなるべく邪魔にならないよう、背中を縮めた。

「あなたの力を黒川灯が欲している、という件ですが、おそらく読み違えていますね」

「…………」

ボクが何も言わなくても、お姉ちゃんは何事もなかったかのように続ける。

「運気を操る怪異だと、黒川灯は思っていたみたいなんですね」

灯の前で力を使ったことはなかった。だから知らなかったのだろう。

それにボク自身、コントロールできないのだ。村人たちが移住した後、石畳《いしだたみ》だって、このお城だって、一晩寝ていたら勝手にできあがっていたのだった。まるで視線から逃げるように、誰も見ていないときにひっそりと変化はなされている。

座敷童子を、運気を操る怪異と思いこんでも仕方がなかった。

その情報だけを頼りに、みんなはここへ来たっていうのに。

「でもあなたの能力は、具体的なものを生みだす能力なんですね」

「……うん」

あ、でも――だったら。

「……あの、ボクを外へ連れていく気持ちはもうないんだよね？　だったら、もう平気だよ。あの怪物は、出てこない」

「……連れていく気持ちが、ないならですけどね」

何やら意味ありげにお姉ちゃんがつぶやく。

「私の予想なんですけれどもね。さっきの話、最悪器官が聞いたらどういう反応をするか、おおよそ見当がつくんですよね」

「え？　あ、ああ……パパ、ボクのことを嫌になっちゃうかな」

お姉ちゃんたちは怪異に慣れ親しんでいる。でも、パパは違う。そういう存在からはへだてられたところで平和に暮らしている人だと思う。だから余計に、こういう話を聞かされたらつらくなってしまうんじゃないかと思えてしまう。

村の人たちにも、ボクは座敷童子というだけの説明でなんとか押し通してきたのだ。こんな背景を語った理由は、あのお坊さんがパパたちを攻撃してきたからだ。

お姉ちゃんは静かに首を横に振った。

「いいえ、おそらくですが、最悪器官の性格から考えると――連れて帰るのをやめた、なんて言わなそうな気がするんですよね」

そこで口をつぐむ。どういう意味なんだろうかと考える。パパは最初に決めたことを頑固に押し通す人なのだろうか。あるいは、何か他の理由があって、ボクを連れていこうと考えるのだろうか。

しばらく沈黙が流れた後、いきなり、ばんっという音を立てて扉が開いた。びくっと体を縮めると、そこには真剣なまなざしのパパがいた。どこかから走ってきたのだろうか、息を少し荒らげている。

詠ちゃん、とパパがボクを呼んだ。

「あの怪物は、君の恐怖が生んだものだってね。君の調整の利かない、怪物なんだと」

そうだよ、とつぶやく。だからパパは、ボクを叱《しか》りに来たのかもしれない。酷《ひど》い言葉をパパから聞きたくなくて、ボクは先に言った。

「ごめんね。その……ボクなんて、いなければ良かったのにね」

口からこぼれた言葉が、自分のことをさいなむ。それもそうだろう。ボクは決して善性の存在ではない。ボクが望んだことではないけれど、望んでもいないくせに、こうして悪いことを引き起こすんだから。

パパはボクのことを優しく抱きしめた。逃げられないようにがっちりと包まれ、ああ、パパは怒るときこうして怒るのかなあ、と思った。ママにしているのとは違う怒り方だ。

ボクは目をぎゅっと閉じて、体を強張《こわば》らせる。

パパは、きっぱりと言った。

「いなければ良かったなんて、言うんじゃない。詠ちゃんは何も、悪くないんだから」

「……でも」

「俺だって、そりゃあ罪悪感はある。申《もう》し訳《わけ》ないと思っている。死んでしまったほうがいいと思ったことだってあるんだ。詠ちゃんと一緒だよ。俺だってね、自分で制御できないもののせいで、かけがえのないものをたくさん、失ってしまったんだ。その気持ちは痛いほどわかるんだよ。でもね、でも——だからこそ」

ぎゅうっ、と抱きしめられる力が強くなった。

パパも、何かつらいものを背負っているんだろうか。そう、感じる。

「必ず、俺がなんとかするから。ねえ、詠ちゃん。詠ちゃんの願い事って、何？」

「へ？」

願い事、と言われて固まってしまう。そんなの、座敷童子は願われるだけだ。願いを叶え、幸せを運ぶものなのだから。それは他人が、口にすることだ。

座敷童子が、口にすることではない。

「ボク、は……」

「うん。詠ちゃんは、何をしたら幸せになれる？　俺たちはね、詠ちゃんに幸せになってほしいんだ。いっぱい頑張ってきた詠ちゃんの、幸せを願いたいんだ」

何を願うべきなんだろう。何を言えば、パパたちは幸せに——違う。

そういうことを、パパは言ってもらいたいんじゃない。誰かのためじゃなくて、ボクのための願い事を言えと。ボクの幸せのために、願えと。

「ボクは、ね、えっと、その、ね……」

パパの服をぎゅっとつかむ。まるで何かにすがりつくかのように。

嗚咽《おえつ》が響いて、それでも言葉をつむごうとして、願いを探す。

ここにいたい。違う、それは村の人たちの願い。怪物が消えればいい。それはパパたちの願い。人といたい。それは孤独だったボクの願い。みんなの幸せ。それも村の人たちの願い。ここに便利な生活を。だからそれは、村のみんなの願い。ボクの願いって、何だろう。ボクは何が欲しいんだろう。

誰かに必要とされたい？　誰かのそばにいたい？

でもそんなことを願ったら、誰もそばにいてくれない。そばにいてもらうために、ボクは願いを叶え続けるんだから。そうでないと、誰も近くにいてくれないんだから。村人たちはボクが力を発揮する前、不満だらけになって去ってしまった。

座敷童子じゃないボクに、価値はあるんだろうか？

詠「様」じゃないボクを、誰か大事にしてくれるんだろうか？

「ボクは……何の願いを叶えなくても、誰かの隣にいたい。誰かに必要とされたい」

なんてあさましいんだろうと思った。人に幸せを与えることもできないのに、必要とされたいだなんて贅沢《ぜいたく》すぎる願望だ。

でもボクは、ボク自身を見てもらいたかった。

神様みたいに扱われるんじゃなくて——一人の「化野詠」として。

「——わかった」

口走った独《ひと》りよがりの願いに、パパがしっかりと答える。ぽんぽん、と頭をなでてくれたパパは、ボクに尋ねた。

「詠ちゃん、この村じゃその願いは叶えられない。あの怪物が闊歩《かっぽ》していちゃ俺たちはいずれ殺されるだろうし、それにこの村の中だと君のことは座敷童子でしかない。俺たちもそれで求めた。けれど、それはもう関係ない」

さっきお姉ちゃんが言っていた。灯の願いを、ボクは叶えることができないんじゃないかと。パパもきっと、そこへ辿《たど》り着いたのだ。だからもう、ボクは要《い》らない。

そのはず、なのに。

KaidanKanojo
KaidanKanojo

「詠ちゃん。君を、この村から連れ出すよ。俺たちの願いのためじゃない。君の願いのために。君が、救われるために」

「……ボクの力が、使えなくても？」

いつの間にか隣に来ていたママがボクの頭をなでてくる。その手は指輪のところだけ固かったけれど、とても優しかった。

「使えるかどうかはどうでもいいのよ。槍牙くんがそう決めたのだから。それに」

あなたは道具じゃないんだもの。

ママがつぶやいた後、パパが力強くうなずいて言った。

「そうだよ詠ちゃんは道具じゃないんだ。使うとか、使わないとか、言わないでよ。俺たちはただ、詠ちゃんがいてくれたらそれでいい」

だから、とパパが宣言した。

「水戸先生を見つけよう。一刻も早く、あの怪物がまた出てくる前にここを出るんだ」

第四章

窮地の彼と老爺の語り

「結局、水戸《みと》先生はお城の中にはいない、ということですね」

「全部の部屋を見て回ったからね。隠し部屋でもない限り、このお城の中にはいない」

「ということは、外かしらね。いえ、村人たちと一緒にいる可能性もあるわ」

「ママ、ボク自分で歩けるんだけど……」

「ふふふ、いいのよ。パパとママがなんとかするから、あなたは何も気にしなくていいの」

「え、いやそうじゃなくて……まあいいや。ママの胸、気持ちがいいし」

「パパもママの胸がお気に入りなのよ」

「パパがママを怖い顔でにらみつけているけど？」

「照れ隠しよ」

俺、黒川《くろかわ》、野波《のなみ》さん、詠《よみ》ちゃんとで城を出る。黒川は詠ちゃんを抱き上げたままパパとかママとか色々言っているわけだが、その会話には加わりたくない。

……段々と違和感がなくなってくるのが本当に困る。

「最悪器官。問題があるんですが、いいですかね」

「問題？」

唯一黒川と詠ちゃんのおままごとに巻きこまれない野波さんが俺に言う。

「あの怪物が次に現れたら、私と黒川夢乃《ゆめの》とで戦うしかないんですね。だから最悪器官、あなたは化野《あだしの》詠と共に水戸先生を見つけてくださいね」

つまりは分業ですね、と言ったところで黒川が声をあげる。

「待ちなさい平賀《ひらが》。それなら私と槍牙《そうが》くんと詠がグループになるわ。だからここはあなた一人が怪物と立ち向かい、私たち親子は水戸先生を探すということね」

親子じゃねえ。あと野波さん一人に対して負担させるものが大きすぎる。

「だから問題なんですね。黒川夢乃の行動次第ではこっちが割を食いますね。それでも、戦力を維持したまま水戸先生を見つけてもらうにはそれしか手がないんですね」

「詠、ママと離れたくないわよね？　パパとママと三人一緒がいいわよね？」

明らかに詠ちゃんが返答に困っている。野波さんはため息をついて俺に言った。

「最悪器官。電車の中でやったトランプの罰《ばつ》ゲームとして命じますね。黒川夢乃はこちらの戦力にしてくださいね」

「だそうだ、黒川。詠ちゃんは俺に任せてくれ」

「……わかったわ。夫婦分業ね。詠、もしものときはパパと一緒にいてね」

「うんっ！　パパと一緒にいるね！」

……十三歳でパパと呼ばれた男って、世界にどれだけいるのかな……。

話していると、広場に来た。昼食会の机や食器は片づけもされずに洗い物や食べ残しが放置されている。逃げてもらったのだから仕方がないが、妙に空《むな》しい光景だった。

「大丈夫だよ。明日にはもうこういうのも片づいているから」

「あ、そうなの。当番でも決まっているとか？」

「ううん。ボクの力だよっ」

ちょっと誇らしげな詠ちゃんの頭をなでるも、なんだか掃除まで詠ちゃん頼みにしているようで気分はあまりよろしくない。さっき生《お》い立《た》ちを聞いたから尚更《なおさら》だった。

詠ちゃんの力は、つらい思いの果てにできたものだから。

「あ、いた！　君たち！」

すぐそばにあった家から、男の人と女の人が続けて飛び出してきた。佐倉《さくら》さん夫妻である。青ざめた顔で大和《やまと》さんが尋ねてきた。

「あなたたち、水戸先生がどこにいらっしゃるか、わからない？」

「あ、俺たちも探しているんです。城にはいませんでした」

「化け物だ……十年前にも現れた、あの化け物が来たんだ……」

稿式《こうじ》さんのこわごわとした物言いに、水戸先生の所在がどこかわからなくて不安に駆られているのだと察した。そして。

「……ちっ。来ましたね」

野波さんが舌打ちをした瞬間、ずどん、と重い振動がどこかから起こった。一斉に周囲を見回し、相手の位置を特定する。巨大なそれは、お城の裏からのっそりと出てきた。

僧侶《そうりょ》の姿を模した怪物が。詠ちゃんの恐怖の形をした、不死身の怪異が。

「最悪器官！　あなたたちは早く水戸先生を探してきなさいね！　それまであいつの相手は私たちがやりますね！」

「詠、パパのところへ行って。槍牙くん、お願いね」

「はい、ママ！　ボク、パパのところにいるね！」

俺は詠ちゃんを抱きかかえると、佐倉さんたちに言った。

「黒川と野波さんがあいつを食いとめます！　どこでもいいんです！　水戸先生が行きそうな場所、知りませんか？」

強い口調で言ったせいか、夫妻はたじろぐ。二人は顔を見合わせ、そうだ、と言った。

「もしかしたら俺たちと合流しようと、うちに来ているかもしれない。みんなのいる避難所にはいなかったし、きっとそうだ！」

確信があるような語調に、頼もしさを覚える。

俺は腕の中の詠ちゃんに言った。

「詠ちゃん、行くよ」

「……うん。先生、いるといいな……」

小さい手が俺の首にぎゅっとすがりつく。俺の妹より少し小さいぐらいの体が、震えていた。とんとんと背中を叩《たた》いてあげながら、俺は走る。黒川と野波さんに怪物は任せたのだ。振りかえらない。ただ、言葉だけを置いていく。

「黒川！　無茶するなよ！　危なくなったらすぐこっちに合流しろ！」

「ええ、わかったわ」

黒川の左腕の『黒龍《こくりゅう》』には、黒川の存在を薄める呪《のろ》いがある。それはただ生きているだけでも存在をかすかなものにさせるが、怪異と触れて相手を消し飛ばすたびにその効果はますます強まる。つまり、怪異と戦っている黒川は普段以上に存在が消えていく。

危なくなる前に最悪器官の、俺の力で充電してやらないと消えてしまうのだ。

佐倉夫妻についていき、大きな洋風の家に着く。真っ白な壁には汚れなどなく、周囲には石畳《いしだたみ》が敷きつめられていて雑草もない。

先生の姿はないが、稿弐さんがつぶやいた。

「中にいるかもしれない……さあ、入って！」

その言葉に従って飴色《あめいろ》の扉をくぐり、中に入る。玄関がなく、そのまま土足で上がりこんだ。家の中は豪奢《ごうしゃ》なソファとテーブルが並んでおり、赤と黒を基調にした黒川の部屋の色味を爽《さわ》やかにしたもののような印象を受けた。

「君、こっちへ！」

佐倉さんが扉を開いており、俺は「入って」と言われた勢いでその小部屋に飛びこむ。

違和感。そこに気がつくのが遅かった。そうだ。こんなところで気がついた。

まるで佐倉夫妻に誘いこまれたように、とんとんとここまで来てしまったということに。

そう、いざなわれた部屋の奥には人影があった。

後ろ手に拘束《こうそく》されたまま横たわる、水戸麒一郎《きいちろう》先生の姿が。

「きゃあ！」と詠ちゃんが叫び、俺も声が出る。

「先生！」

叫んだと同時、頭の後ろに強烈な痛みが走る。殴《なぐ》られたのだとわかったときにはもう遅い。分厚い膜でもかぶされたように意識がもうろうとし、しびれたように頭にはかすみがかかる。前後も上下もわからなくなり――

「パパ!」

……詠ちゃん、逃げて……

口は動くことなく、俺の意識が落ちた。

斉藤《さいとう》くん、という声が聞こえる。遠くから響くその声に引き上げられるように、ふっと目がさめた。ぼーっとした頭で目を開けるも、薄暗くて何も見えない。

「斉藤くん。大丈夫ですか? 斉藤くん」

何度も呼びかけられる。そのたびにじわじわと視界が回復していき、やがて見えた。

床に倒れたままの水戸先生の姿が。

「……あれ?」

そう思ったら自分も倒れていることに気がついた。起き上がろうにも手首が痛く、腕が動かない。後ろ手にされてロープで縛《しば》られたのだとわかり、合点がいった。

はっとする。そうだ。俺はさっき詠ちゃんを抱いたまま水戸先生が床に倒れているのを見て、その後頭を殴《なぐ》られて――犯人は、佐倉さんか。

「その様子だと、ようやく理解してくれたようですね」

「先生、詠ちゃんは……？」

「どうやら佐倉さんたちに連れ去られたようですね。ですが危害を加えられることはないでしょう。詠は、あの人たちにとって神様みたいなものですから」

床に倒れたままだったものの、お互い無事ではあるようだ。ちら、と扉を見る。鍵などはない。わりと不用心だな、と思った。

「鍵がないのは、元々ついていなかったからでしょうね。この家は、いちいち全部の部屋に鍵を設けたりはしません」

「……よく知っていますね」

「何度も来ましたから」

それにしても、まだ後頭部がずきずきとする。俺は先生に尋ねた。

「この村の中って、病院とかお医者様は？」

「ありません。医師免許を持った者もいません。薬や治療の道具を詠が出してくれるだけで、この村は十年間、存続していたのです」

「じゃあ外へと出たら、一緒に病院へ行きましょう」

「……外へ」

「はい。詠ちゃんを連れて、黒川や野波さんと一緒に帰るんです。俺ね、思ったんです。詠ちゃんは座敷童子《ざしきわらし》だから色んな人に願われてしまいますけれど、そしてそれを叶《かな》えてしまいますけれど——彼女は、ただの女の子じゃないですか」

水戸先生は両目をぱっちりと開き、俺の顔を見た。

「神様みたいな力を持たせて、みんなでよってたかって頼りにしちゃいけなかったんですよ、きっと。だから外へ出して、もう神様みたいな扱いをされないようにするんです。そうしたくて、だから……結界を、外《はず》してくれませんか？　水戸先生」

俺の言葉を受けて、水戸先生が考えこむように顔を下げ、じっと眉根《まゆね》にしわを寄せる。許されないことを提案しただろうか。怒られるかと思って構えるも、先生は笑顔を見せた。

「私も、そう考えていたところなんです。詠は、外へ出たほうが幸せかもしれないと。確かに詠のことを思ってつくったはずのこの場所は、色んな思惑《おもわく》が混じって歪《ゆが》んでしまいました。一度、リセットしたほうがいいものもあるんです」

歪み、という言葉からさっきの佐倉さんたちの態度が思い起こされる。ぴんときたので水戸先生に尋ねた。

「佐倉さんは、俺たちが詠ちゃんを連れ出すことに反対してこんなことを？」

「ええ、まあ。そうなりますかね」

「一体、何があったんですか?」

水戸先生は一度、じっと中空をにらんだ。何かを迷っているような仕草にも見えたが、どうしたのかと尋ねるのは気が引けた。ただ先生の次の言葉を待つ。

ようやく出た言葉は、懺悔《ざんげ》の言葉だった。

「私が、間違っていたのです。私が間違えてしまったのです。斉藤くん。あなたに聞いてもらいたいことがあるんです。よろしいですか?」

部屋の外からは稿弐さんの怒ったような声や、いらだたしげな足音が聞こえてくる。いますぐ脱出できないのなら、話を聞くのもいいかと思った。

うなずくと、先生は静かに息をつき、語る。

「私が生まれたのは、日本が戦争に負ける少し前のことでした——」

*

何十年も昔の話だ。私は戦災で家族を失い、たまたまとあるお寺に拾われて育った。そこで出会ったある僧侶《そうりよ》は、戦争の傷に苦しみ続けていた。それゆえ「幸せ」というものに魅了《みりよう》され、座敷童子《ざしきわらし》という怪異に執着していた。だがしかし、そうそう怪異が見つかるわけもない。幾度《いくど》も発見に失敗し、挙句《あげく》の果てにそこへと手を伸ばしたのだ。

「麒一郎。座敷童子をつくろう。見つからなければ、自分の手でつくればいいんだ」

生きた人間を使った、怪異を人工的につくる実験だった。もうとうに成人していた私は結界を張ることに長《た》けていたのでそっちの修行に専念し、奴《やつ》の頼みを蹴《け》った。やがて、結界術ならば誰にも負けないと思えるほど成長し、いくつもの場所で仕事をした。黒川陽《あきら》という神主《かんぬし》に会った鷹夏市《たかなつ》（当時は鷹夏町だったか）、壱元《いちげん》という和尚《おしょう》と共同で仕事をした亜束市《あつか》、関西では網浜小幸《あみはまこゆき》という占い師を守る仕事もあった。

すべてが怪異との戦いであり、また怪異との共存だった。

顔も広くなったころ、奴は再び私の前に現れて言った。

「麒一郎。座敷童子をつくろう」

二十年以上も、奴は同じことを言い続けていた。しかし今度の奴は、もう計画をかなり深いところまで進めてしまっていたのだ。化野という家から金で娘を買い、まだ生まれてから三年と経っていないその子を座敷牢《ざしきろう》に入れて育てていた。誰が育てているのか、という問いかけに、奴はこれまた金で買った女性に育てさせていると言っていた。子どもを育てるならば年老いた者のほうがいいなどと吹いていたが、その計画には問題があった。人身売買など犯罪だ。露見すれば必ず実験は権力の手で中止させられる。

それゆえ奴は、私に協力を求めたのだ。そして多額の金で、私を買った。

結局、私は金で買われる程度に安いプライドしか持ち合わせていなかったのだ。不自由していたわけでも、入り用だったわけでもないのに、数千万円もの札束が欲しかった。

私の仕事は簡単だった。人里離れた廃村を囲うように結界を張り、私と奴以外は誰も出入りできないようにすることだ。娘を育てている女性さえ、この境を越えることはできない。そうまでして、隠匿《いんとく》したかったのだ。この非人道的な実験を。

数年待っておこなわれた儀式について、私はノータッチだった。結界を張ってさえいれば他のことは何もしなくていいという仕事だったからだ。いや。

関わり合いにならないようにしようと、逃げていた。

ところが、である。

奴は私を呼びだした。結界に不備はなかったと思うが、呼びだされたのだから仕方がない。ちょうど他の仕事もなかったので、私は赴《おもむ》いた。思い起こしてみれば、結界を張り、様子を見に行っていたものの、最後に行ったときから五年が経過していた。周辺は少し開発が進んでいたところもあるが、結界を張った場所は手つかずだった。当然だ。そういう技なのだから。

誰か弟子《でし》でも取って継承するべきだったが、仕事ばかりしていて余裕はなかった。

久方ぶりに訪れた私へ、奴はそれを見せた。

幼い少女の死体を。

「これを奉《たてまつ》れば、座敷童子のできあがりだ」

少女の髪も眉も真っ白になっていた。直感で、恐怖で染め上がってしまったのだと思い至る。その髪をぞんざいにつかんでこちらに見せつける奴に、反吐《へど》が出る思いだった。

責めることなどできない。私は金をもらい、奴の蛮行《ばんこう》に加担したのだから。

なのに、私は許せなかった。幼い子どもの死体を見せびらかす奴にも、それを祠《ほこら》に入れて奉り、神様を——怪異をつくろうとする行為をも。

一か月、悩んだ。自分に責める資格はあるのだろうか。片棒を担《かつ》いでおいて、いざ目の前に少女の死体を見せつけられてつらくなり、感情を乱して責めることなど許されるのか。

悩んでいる間に座敷童子が顕現《けんげん》したという報《しら》せが入った。私はよどんだ頭で一緒に行くことを誓い、再び村へと赴いた。座敷童子の少女を救いたかったのだ。

私は、奴を殺した。

殺さねば止まらないほど、奴の「幸せ」への執着も勢いもすさまじかったのだ。話し合いは当然、もった。交渉決裂になっただけだ。

座敷童子となった少女に、詠という名をつけた。姉弟子だった女性が忌《い》み名《な》——名前を縁起の悪いものにすることで、本人には悪いものが及ばないようにするという風習――で「黄泉《よみ》」という名だったことからもじったのだ。名字は元々彼女の生まれだった家、化野をそのまま使った。

私と詠は逃げた。これまでに稼いだ金を惜しみなく使いひと気のない土地を買い、ひっそりと山奥に住んだのである。当然、結界を張って。

それからの人生は、彼女と共にあった。

最初の十年は、彼女の力が世界に影響しないように結界を張り閉じこめた。仕事をしていないときは彼女と一緒にいるように努め、詠は私に懐《なつ》いていった。私の後継者も準備しておいた。黒川灯《ともり》は優秀な青年だから、信頼が置けたのだ。

その面通しの後、詠は寂《さび》しいという感情を知ったという。私以外の人間と出会い、そして灯が来てくれないのを察して、悲しい気持ちになったというのだ。

人が要《い》る。私は当時、それが詠にとっていいことだという考えに取《と》り憑《つ》かれていた。

私はちょうど村への移住を考えていた若者たちを招いた。若者たちは最初こそ勢いが良かったが、徐々に山暮らしに対して不満を持ちはじめた。私は責められた。

そうだ、それで、忘れてしまったのだ。

私は詠を救いたくて、自分の罪をつぐないたかったはずなのに。

己《おのれ》にかかる咎《とが》の声から逃《のが》れたくて、また詠に背負わせてしまったのだ。

その次の十年間は、「詠様」などと呼ばせていいようにし、ほしいままに願いを叶《かな》えさせて。

みんなが笑っているからと、それでいいんだと自分に言い聞かせて、逃げたのだ。

斉藤槍牙くん。黒川夢乃さん。野波小百合《さゆり》さん。その三人が、来るまで。


いまさら反省などしても、すべては手遅れだった。

それでも――私は、もう一度、詠を救いたかった。自分にできなかったことを、あの少年少女に託したかった。後継者に選んだ灯のいる鷹夏市へ、詠に行ってもらいたくて。

私はまた悩み、ようやく選んだ。

「佐倉さん。詠を外へ出そうと思います。それと、結界はもうなくなります。あなたたちはもう青年という年齢でもなくなり、この村も豊かになりました。どうか、詠抜きでこれからもみんなを率《ひき》いていってください」

ずっと代表として村の運営を任されてきた佐倉夫妻に話をしたのは、斉藤くんたちがススキ野原で遊んでいる間のことだ。

みなのいる昼食会の広場は避け、佐倉家のリビングにて提案したのだが、夫妻は突然の私の話に目を丸くした。当然、反発もした。

「そんないきなり……どうしてですか！　詠様がいて、それでこの村は回っているんですよ！　彼女がいなくなったら、俺たちはどうすればいいんですか！」

「ずっと、この状態のほうがおかしかったんです。本来は人の力だけで、座敷童子《ざしきわらし》の力など借りずに回るべきなんです」

「そんな風《ふう》に村の人たちに言って、私たちに説明しろって言うんですか？　納得なんてさせられるわけないじゃないですか」

非難の混じった夫人の声に、十年前は負けた。私はもうあんなことにならないようにと思い、頭を下げる。少し焦っていたのかもしれない。十年前、神田才《かんださい》が同じことをしたときに僧侶《そうりょ》が――詠の恐怖が形となって現れたのだ。今回もまた、現れる可能性はある。それゆえ私は急いで佐倉夫妻を説得しようとした。

「お願いします。あの子たちは詠の力を欲していますし、あの子たちに依頼したのは私の知り合いです。きっと外界へ連れていっても、悪いことには使いません」

「そういう問題じゃないんだよ！」

どんっ！　と机を叩《たた》く夫に追随《ついずい》するように、夫人が言う。

「そうですよ、先生。この村においては、あの子どもたちのほうがイレギュラーなんですよ？　詠様を連れ出そうだなんて、侵略と同じじゃないですか」

「そうだそうだ！　侵略されて黙っていろなんて、無茶苦茶だよ！」

怒りをあらわにする二人に、私はただ頭を下げるしかできなかった。もっと時間をかけて段取りを踏むべきだったが、状況が状況だったので仕方がなかったのだ。急がねば、また神田才のときのように人が死んでしまうかもしれない。その一心での願いだった。

私は頭を下げ続けた。

これは十年前に屈した私の責任だった。

やがて、佐倉稿弐さんは言った。

「……わかりました。先生がそこまで言うのなら、仕方がありません」

「申《もう》し訳《わけ》ない」

あなた、と夫人がたしなめるも、稿弐さんは手で制した。飲まないとやっていられません、と言って彼はお酒を持ってくるために立ち上がった。

私は奥さんの不満そうな態度もなんとかしなくてはと、今度は彼女に向き直り、説明をしようとした。あともう少しだ。そしたらもう、目的は果たせる。詠に、次こそ真の幸せを感じてもらえるのだ。期待したところで、頭に衝撃が走った。

背後から殴《なぐ》られたのだと気づいたときには、もう私の体はテーブルへと倒れていた。

佐倉夫妻の声が聞こえる。言いあうような声音《こわね》はほとんど聞こえず、ぼんやりとしか言葉が頭に入ってこない。最後に聞こえたのは、悪夢のような一言だった。

「このジジイとガキ共にわからせてやる。聞き分けがないなら、殺す」

*

「――そうして、いまに至るというわけです。佐倉さんは血迷っています。ただし、まだ衝動的なもので完全な殺意にはなっていません。こうして我々を監禁こそすれ、命を取ろうとまではしていないのがいい証拠です」

水戸先生の話が終わった。俺は先生もまた罪悪感に駆られて詠ちゃんを救おうとしていたのだとわかり、同志であるという頼もしさを感じていた。

「すみません、どうしても斉藤くんには知っておいてもらいたくて、つい長い話をしてしまいました。しかし……家の中に、人の気配がなくなりましたね」

「……そういえば」

耳をそばだててみても、物音や声は聞こえない。佐倉夫妻が出かけたとすれば、逃げだすチャンスだ。

俺は意を決し、体をよじる。ロープは自力で切れないので腕を伸ばし、足を縮め、縄跳《なわと》びでもするように拘束された腕を体の前へと持ってきた。

「体がやわらかいですね。いえ、子どもはみんな、それぐらいやわらかいものですね」

私にはできません、とはにかむ水戸先生が立ち上がるのを助け、耳打ちした。

「俺の後ろをついてきてください。ちょっと遅くなってもいいです。とにかく、転ぶことだけはないようにお願いします」

「わかりました。詠はどうしましょうか」

確かに彼女も救出せねばなるまい。だが、佐倉さんたちが詠ちゃんに危害を加える可能性は少ないと見ていた。

「黒川たちと合流するほうが先です。黒川なら力ずくで取り返すことが簡単でしょうし」

「お転婆《てんば》さんですね、黒川さんは」

普段の暴れっぷりを見ていると、そんな生易《なまやさ》しい言葉で表しにくいのだけれどもな、と苦笑《にがわら》いを浮かべてしまう。だがまあ、お転婆といえばそうなるか。

少し痛む後頭部をちょっとさすってから、ふう、と息を吐いた。

作戦はない。強行突破だ。

「行きますよ」

ええ、と水戸先生がうなずいた直後、扉を開いた。すぐに左へ曲がり、走る。やはり誰もいない。俺はすぐ玄関扉の取っ手に手をかける。鍵はかかっていない。ノブを回して、押した。

扉が開く。そして。

石畳《いしだたみ》の上にライフル銃や拳銃を山のように積み上げて囲み。

それとは別に、めいめいに畑道具のクワや鎌、包丁なんかを手に持った。

数十人の村人たちが、こちらを見た。

第五章

脱走する彼らと阻む者たち

家の中へと速攻で戻る。異変を察したのか、水戸《みと》先生も足を止めてくれた。玄関の鍵をかけたところで、俺は水戸先生ごと押し倒すようにして床に伏せる。

瞬間、大きな音が耳をつんざく。断続的にだだだだと腹の底に響き、ガラスが割れて家具や壁の抉《えぐ》れる音が重なった。乱射してきたのだとわかり、舌打ちがもれた。粉となった壁材やガラスが降り注ぐ中、はうようにして移動する。すぐそこにキッチンがある。そこへ行き、包丁を手に入れなくてはならない。これだけ容赦《ようしゃ》なく発砲してくるのだから、どうせ中に佐倉《さくら》さん夫妻はいないだろう、警戒する必要はない。

「佐倉さん……すでにみなを味方につけていたというわけですか……!」

水戸先生が小さく叫ぶ。俺はその体を引っ張りながら、無理やり床をはいずった。銃で撃たれたことはある。一発でも当たったら重傷決定だ。俺は身をかがめながらなんとか包丁を取り、時間はかかったが自分の手首のロープを切る。壁際に転がって目をつぶっていた水戸先生のロープも切り、二人で腕を自由にする。

「斉藤《さいとう》くん！　裏口から逃げましょう！」

「裏口？　どこですか！」

「こっちです！」

銃弾の嵐から逃げるように俺たちは走る。知らない人の家だが、水戸先生は迷いなく通路を駆け抜ける。

「待ち構えていた風《ふう》でしたか？」

「いえ、単に石畳《いしだたみ》のところで集会というか……武器をみんなに回していたみたいです」

耳がおかしくなりそうな音がいきなり止《や》む。誰かが入ってきたのか、窓や扉を壊す音や足音が聞こえてきた。

「いますぐあれを阻《はば》む結界は張れませんね……裏口です！」

扉を開き、外へと出る。待ち伏せしている影はない。すぐ城へ向かって水戸先生が走りだした。どこかで地響きが聞こえる。

「怪物か……黒川《くろかわ》たち大丈夫か……？」

「野波《のなみ》さんがいます。大丈夫です。彼女には少ししか教えられませんでしたが、実に優秀な生徒ですね。結界術に対して元々相性も良かったのでしょうね。とても飲みこみが早かったんですよ。だから、大丈夫です」

「ええ、何度か助けてもらいましたから、わかります」

でも黒川も頼りになるんですよ、とは言わなかった。口にするのも恥ずかしいから。

後ろを振りかえる。何人か追いかけてきているが、狙いが上手《うま》く定まらないのだろう。撃ってくる気配はなかった。水戸先生が曲がりくねったり林の中を進んだりするから撃てないのかもしれない。

数分ほど走って、城のすぐ前の道に出る。黒川と野波さんが怪物を相手に戦っているのが見えた。怪物が動くたびに石畳が割れ、砂埃《すなぼこり》が舞う。怪物の一歩一歩が起こすゆれも、徐々に大きく激しくなっていった。

「黒川！」

戦っているうちに地面を転がったのだろう。泥や土に汚れた黒川がこちらを振り向く。野波さんはかなり息切れが激しいようで、こちらをちらと見てから巨人に立ち向かう。

……ってか、こいつさらに大きくなっている……？

見上げればまだ顔が見えるぐらいだった僧侶《そうりょ》の怪物は、見上げたら後ろに転びそうなほど大きくなっていた。

錫杖《しゃくじょう》が地面に叩《たた》きこまれ、二人が回避も兼ねてこちらに跳んでくる。なかば攻撃に巻きこまれて吹っ飛ばされたような勢いでこちらに来た黒川は、はっとした顔で叫ぶ。

「パパ、あの子は！　詠《よみ》は！」

……呼び方を訂正させる暇がないのが惜しいぐらいだ。

「詠ちゃんは村の人たちに連れ去られた。いまから奪い返しに行く。それで、村の人たちなんだけど」

「ちんたら喋《しゃべ》ってないで走ってくださいね！」

野波さんの怒号《どごう》が響いた瞬間、全員が危険を察知した。上空高くに、あの僧侶が跳んでいたのだ。踏みつぶそうとするように、草鞋《わらじ》の裏側がこちらの視界を埋めつくす。

「水戸先生！　こっち！」

俺の体力では担《かつ》ぐなどということはできないが、腕ぐらいは引っ張れる。先生は革靴《かわぐつ》で走りにくそうだったけれども動いてくれた。

巨大なものがすぐ後ろに着地する。石畳の砕けた音と巻き上がった風に翻弄《ほんろう》され、石畳の上を転がった。心なしか、僧侶の動きが最初より速い気がする。なんとか起き上がり、水戸先生を引っ張って走りだす。

「あいつ、でかくなっていますね！　こっちを排除するために、成長していますね！」

野波さんの怒鳴《どな》り声が聞こえる。いつの間にか黒川が水戸先生の補助をしており、俺たちはなんとか怪物から距離を開けた。

水戸先生が叫んだ。

「このまま村の中心部へ行きます！　武装した村人たちと、この怪異を鉢合わせるんです！」

「でも、そんなことをしたら村の人たちが……」

殺されてしまうのでは、という言葉を吐く前に、水戸先生が首を横に振った。

「あくまで威嚇《いかく》です。それに奴《やつ》の狙いは村人ではなく、斉藤くんたちですよ」

村人に危害を加えないという自信が、水戸先生にはあるようだ。

すでに怪物との戦いで消耗しているのだろうから、俺は黒川の肩を叩いてやる。『黒《こく》龍《りゅう》』の効果を打ち消したのと、元気づける効果を期待してだ。

ふふ、と黒川が笑った。少し、機嫌《きげん》が悪そうに。

「詠のことを拉致《らち》したなんて、本当にあいつら――目にものを見せてくれるわ」

「……はは」

「ん？　どうかしたのかしら？　槍牙《そうが》くん」

「いや、いつも他人と敵対ばっかりしているのに、詠ちゃんだけには味方だなって」

「当たり前よ。今朝《けさ》からずっと、一緒にお風呂に入ってから詠は私と槍牙くんの子どもよ。

親子よ。家族よ。守らなくて何が親かしら」

「……いや、俺は違うけどな」

守る、という言葉には大賛成だが。しかし黒川は止まらない。

「大丈夫よ、槍牙くんが望んでいる以上、血の繫《つな》がった子も産むつもりよ。でもそれとは別に、詠も私たちの子どもでしょ。パパ」

「……俺まだ十三歳なんだけどなあ……」

ややグロッキーな気分を味わいながら、俺は頭を切り替えた。

「銃もあるから真正面からは飛びこむなよ」

「ええ、大丈夫よ。後ろの奴も前の奴も一切合財《いっさいがっさい》殺してやるわ」

ぶんっ、と日傘《ひがさ》を振るった黒川の目は、珍しく俺以外のものを守ろうとしてぎらついていた。頼もしさを覚える瞳に、不安が消し飛ぶ。

……でも殺すとか言わないで。黒川。

「先生、必ず詠ちゃんを迎えに行きましょうね」

「ええ、そうですね。斉藤くん」

村が見えてきた。村人たちが手に得物《えもの》をたずさえ、たたずんでいる。何事か叫びながらこちらへとその銃口を向けるも、一瞬のことだ。すぐに銃口を上げたり、あるいはきびすを返して逃げたり、目を見開いたまま硬直したりしてしまう。

俺たちの後ろから、もっと警戒するべき危機が迫っているからだろう。ちら、と振りかえると、怪物とは十メートルほどしか間隔がない。

「左右に分かれて跳びますね！」

野波さんのかけ声を合図に俺たちは手近にあった家に跳びこむ。三対一で分かれてしまったが、怪物はこっちには来なかった。窓からうかがうも、野波さんのほうへも行かない。急には曲がれなかったのか、怪物は石畳を破壊しながら直進していった。

「このまま裏口を通過して、先に――あら？」

黒川の声に振り向くと、部屋のすみに人が座りこんでいるのが見えた。こいつは、と思ったところで黒川の日傘がひるがえった。がんっ、という音がして人影の手から何かが叩き飛ばされる。錆《さび》の浮いた包丁だった。

入った部屋はリビングルームなのだろう。広く、テレビやソファ、ローテーブルが並んでいる。さっき閉じこめられた佐倉さんの家に少し似ている気がする。包丁を持っていたのは若い女で、おびえた顔でこっちを見ている。

黒川がびっと日傘を構え、低い声を出す。

「詠はどこ？」

制圧するよりも情報を引き出すほうを選んだらしい。どのみちどこかで尋ねる必要はあったし、ここで詠ちゃんの居場所がわかればいいのだ。女は震えながら答えた。

「あ、あの、宇多川《うだがわ》さんの、家に」

「宇多川さんの家はこちらです。裏口から行きましょう」

水戸先生がそう言って先を行くが、ひどく息を切らしており、その手は心臓の辺《あた》りを押さえていた。黒川も何か感じ取ったのか、リビングを抜け、裏口へと出たところで言う。

「水戸先生。あなた、心臓に疾患《しっかん》が？」

「……いや、なに。ちょっと年で。大丈夫です。詠を連れて、君たちが村の外へ逃げられるまではこらえますよ」

「君たちがって……先生も一緒に行くんですよ」

まるで自分はここに残るとでも言いたそうな台詞《せりふ》だったので指摘すると、先生ははにかんで黙る。どこかで何かが崩れる大きな音がした。裏側からは見えないが、表通りでは怪物が暴れているのだろう。野波さんが大丈夫か心配だが、詠ちゃんの保護が最優先だ。

水戸先生についていき、宇多川さんという人の家に到着する。他の家と違って裏口はなく、コンクリートで固められた立方体の家だ。

「出入り口は正面だけです。宇多川さんという方は少し閉鎖的なところがありましてね、それでも要請があれば協力をする、そういう人なんです」

「人の冷たさが云々《うんぬん》と言って村を開いたわりには、結局こういう奴も出てくるんじゃないの。バカみたい」

黒川の口汚い罵《のの》りを聞きながら、俺が先頭に立って正面に回る。幸いにも武装した人たちは怪物の姿に恐れをなしたのか、いなかった。宇多川さんの家の扉は鉄製で、鍵も二ついていた。ドアノブを回すも開かない。

「槍牙くん、どいて。ぶっ壊すわ」

黒川がドアそのものに二度、三度とキックするがびくともしない。黒川も感じたのか、一度下がって家全体を見た。垂直な壁は真っ平らで指や足を引っかけられる出っぱりやへこみはなく、高いところに大きくて幅広の窓ガラスがあるだけだった。

「あそこから明かりを取っていれば、あとは電気だけでいいと。モグラみたいな家ね」

「水戸先生、宇多川さんって外にいましたか？」

家主から鍵をもらったほうが早い。そう判断するも、水戸先生の答えはかんばしくない。

「外にいたのは見ていませんが、中にいるとも断定できません」

突然、がきぃんっ！　という甲高《かんだか》い音が響いて近くのコンクリート壁が割れた。反射的に身をかがめながら振りかえると、拳銃をにぎった佐倉大和《やまと》さんが立っている。その後ろのほうで野波さんが怪物と戦って屋根に上がっているのが見えた。

「動かないで！　水戸先生、あなたは功労者だし詠様の保護者だから殺しません。どいていてください。でもあなたたちは許さない。私たちの生活を滅茶苦茶にした！」

「落ちついてください、大和さん」

水戸先生の静かな説得の声にも応じない。すぐ地面に向かい発砲し、破壊音で俺たちの言葉を奪う。その後ろでは野波さんが何かしら攻撃をしたのか、怪物が消え、また復活する光景が映ったが、大和さんはそれをよそに怒りの声を張りあげる。

「謝りなさいよ！　私たちに謝りなさいよ！　悪いことしたって！　言いなさいよ！」

「そんなに謝ってほしいのかしら？」

挑発するような黒川のつまらなそうな声に、大和さんが目をむく。

「謝罪なんてしてもしなくても、撃てばいいじゃない。撃ちたいのよね？　殺したいのよね？　だったらどうして謝罪が欲しいのかしら。ねえ、あなた。あなたは自分の害意だけじゃ人が殺せないのよね？　だから私たちに謝らせて、罪人なのだと認めさせたいのでしょう？　それなら撃ち殺しても、大義名分が立つものねえ」

謝ることはこちらに非があると認めることだと言いたいようだ。大和さんは引き金を引く口実欲しさに、俺たちに謝れと言っているのだろう。

う、う、とうろたえたような声を出しながら大和さんの持つ銃が震える。

「言っておくけどね、憶病女。あなたの持っているのは人を殺せる道具なのよ？　そんなものを振りかざすのに、自分の手が汚れるのが嫌なんていうのは冗談にしても悪いのよ。人殺しの道具を持っているのなら――人を殺した責任を負う覚悟で挑みなさい」

そんな責任なんて誰も負えないし、負っても返せないのだけれどもね。

「う、うるさい――！」

悲痛な叫びと共に、引き金が絞られる。瞬間、黒川が一気に体を沈めて大和さんへと近づき、その手から拳銃を弾《はじ》き飛ばした。弾丸は見当違いの方向へと跳び、宇多川家の窓を割る。破片が落ちてこないかと俺と水戸先生は頭を押さえて身を縮めた。

大丈夫だとわかって視線を戻すと、黒川が大和さんを気絶させたところだった。大怪我《おおけが》というほどのことはしていない。

「宇多川とやらの居場所を聞くべきだったかもしれないわね。まあ、いいわ」

いいハシゴがあるものね、と言って黒川は声を張りあげた。

「平賀《ひらが》！　こっちに来なさい！　その怪物をこの家に近づけさせて！」

数秒と待たずに野波さんがこちらへと姿を見せる。疲弊《ひへい》しきっているのか、全身で息をしているような状態だ。俺は水戸先生の腕を引いて宇多川宅から少し離れた。

「黒川さんは、何をしようとしているんでしょうか?」

「多分、あの怪物によじ登るつもりだと思いますよ。建物を破壊したら、中にいる詠ちゃんに危険が及びますか——」

ら、という一文字は、不意の銃声によってかき消された。瞬間、黒川が吹っ飛んで倒れる。不意に鼻をついた血の匂《にお》いと、いまさら感じた火薬の匂いに頭が真っ白になった。

——黒川が、撃たれた。

「あそこです!」

水戸先生が指を差したので見ると、ショットガンを持った人間が走り去る姿が見えた。誰なのかもどうでもいい。そんなことよりも——

「黒川ぁ!」

叫びながら走りよると、黒川は顔をきつくしかめて歯を食いしばっていた。痛みをこらえる様子だが、俺の顔を見て口元だけで笑う。その体からは真っ赤な血がしたたり落ちて石畳を汚していた。

撃たれたのは……右肩か。

「大丈夫よ、槍牙くん。撃った奴も、怪物が怖くてどこか行ったみたいだし……で、槍牙くん。お願いがあるのだけど」

ずんっ、と数メートル先に巨人の足が下ろされる。転びそうになるほど大きな振動にもこらえ、黒川の言葉の続きを待った。

「抱いて、キスして、私の代わりに詠を迎えに行って。これじゃ、登れないわ」

「あの怪物によじ登って、窓から入る。そういうつもりだよな？」

念のために確認する。もう、と唇《くちびる》を尖《とが》らせながら、黒川が俺の顔をなでた。痛みをこらえて自力で立ち上がり、左手に持った傘を杖《つえ》にして立つ。

「ええ、そうよ。水戸先生と怪物は私と野波が請《う》け負《お》うから、槍牙くんはそれだけお願い」

「わかった、任せろ」

「そこのバカップル、上！」

野波さんの怒号で一気に走りだす。黒川は水戸先生のところへ、俺は怪物の足が下ろされる瞬間を狙って飛びかかれるよう、すぐそばに。

足が地面から浮くほどの振動。それでもこらえ、飛び上がる。怪物の裾《すそ》をつかみ、そのまま無理やりよじ登る。巨大な人間の体を登る経験などないが、なんとか体を持ち上げる。数メートル上がったところで、宇多川宅の割れた窓ガラスが目の前にあった。

巨人の動きに注意しながら、窓枠へと飛び移る。窓ガラスの破片で腕や手のひらを切ったが、気にしてなんかいられない。ぬらり、とあふれた血液で滑《すべ》らないように注意だけして、俺は窓枠に足を引っかけて強引に体を中へと押しこんだ。

二階建ての吹き抜けフロアに出る。着地に失敗すると怪我をする羽目になるので、体を垂直に保ったまま落下した。足元はガラスの破片だらけだったが、登山用の靴を貫くには至らないので無傷で着地する。両手に走る痛みをしばしこらえてから、声を張りあげた。

「詠ちゃん！　詠ちゃんどこ！」

ダイニングキッチンを抜け、目についた扉を片っ端から開ける。トイレや風呂場には通じるものの、そんなところに詠ちゃんはいない。二階を探そうと階段を駆け上が——

「うわあああ！」

「な！」

悲鳴をあげながら誰かが発砲してきた。狙いが無茶苦茶なのか当たらなかったが、すぐに射線上から逃げる。

一度戻り、ダイニングキッチンのテーブルを持ち上げ、盾《たて》にするつもりでもう一度階段へと進む。案《あん》の定《じょう》撃たれてテーブルが削《けず》れ、衝撃が腕に伝わるものの、生身でいくよりは絶対にいい。前が見えないので全力で突撃する。発砲してきた人物にぶつかったらしく、俺はそいつごと倒すようにしてテーブルを押しこんだ。テーブルの下敷きにして二度、三度と跳びはねて踏みつけ、二階の廊下を見る。扉は二つあった。

手前のものを引き、叫ぶ。

「詠ちゃん！」

「パパぁ！」

詠ちゃんが嬉《うれ》しそうな顔でこちらに駆けよる。腰に抱きつかれた勢いは強かったが、なんとかこらえる。うー、といううなり声をあげながら、詠ちゃんは俺の腰にぐりぐりと顔を押しつける。よしよし、と頭をなでると、白い髪に俺の血がついてしまった。

「あ、ごめん。髪、汚れちゃった」

「いいから……それぐらい、いいから……」

「怖かった？」

こく、と詠ちゃんがうなずく。幼い涙声で、続ける。

「先生もパパも殴《なぐ》られちゃうし、ボクが外に出ようとすると怒られるし……」

いまテーブルの下敷きにしている男が怒ったのだろう。

「詠ちゃん、逃げるよ」

こくん、と涙をこらえた顔で詠ちゃんはしっかりとうなずいた。

俺は詠ちゃんを抱き上げると、そのテーブルをもう一度踏んでから階段を降りる。ぐえ、という潰《つぶ》れた声が聞こえたが無視だ。一階へと下り、鍵を開けて外へ飛び出した。

向かいの家が軒並《のきな》み潰れて瓦礫《がれき》となっており、その上を野波さんが糸を散らして跳んでいた。怪物の動きに合わせて地面が大きくゆれる。

「槍牙くん！」

宇多川家の脇にいたのだろう。黒川と水戸先生が現れ、詠ちゃんは先生に抱きついた。

「先生！　先生が無事だ！」

「ああ、大丈夫だよ。怖かったね、詠」

まるで祖父と孫が久方ぶりの再会をしたかのような喜びに、つい笑《え》みがもれる。その横で黒川は俺の手を取り、手のひらの傷をべろべろと舐《な》めていた。

「……何してんだお前」

「槍牙くんの血が美味《おい》しいからいけないのよ」

喋っている暇があったら舐める啜《すす》るむしゃぶりつくと言わんばかりに黒川は俺の手のひらに舌をはわせ、唇をつける。気持ち悪いのでとっとと振り払った。

「ちょっと槍牙くん。私は一応怪我の手当てもしたのよ」

「別の方法を取れ。と、それより」

一歩近づき、野波さんへと喉《のど》が潰れそうなほどの号令をかけた。

「野波さん！　逃げるよ！」

「奪還しましたね！　じゃあ――！」

野波さんがぐるんと身を回したと同時、糸で引っかけられたのか怪物が倒れる。声音《こわね》からして疲れきっている野波さんが、それでも叫んだ。

「水戸先生を先頭に全力疾走《しっそう》で行ってくださいね！」

「先生、どこから逃げるの？」

「こっちだよ。みなさん、ついてきてください！」

野波さんがあえて指示したのは、水戸先生が置いてけぼりにならないようにという配慮だろうか。ともあれ、水戸先生が走りだしたので俺たちも続いた。

向かったのは、あのススキ野原のある方角だった。隣に並ぶ野波さんは、もう声を出したくないというオーラを全身から発するほど疲労の色を濃くしていた。反対側の隣に来た黒川は、それを見て何も言わない。三人で水戸先生の背中を追いかけ、瓦礫を踏み、進む。

ゆるやかな傾斜を下り、ススキ野原が見えてきた。思わず、うわあ、と口にしてしまう。

詠ちゃんも一生懸命俺たちと一緒に走りながら、顔をほころばせる。

夕日の激しい光を浴びて金色に輝く、美しい光景が広がっていた。まるで黄金の海原でも広がっているようで、大和さんや詠ちゃんがすごいと言っていたのもわかる。少し足を止めて、きらきらと光り輝く自然の光景に目を奪われてしまう。

涙が出そうになるほど、夕日を浴びたススキ野原は美しかった。

「……すげえ」

「槍牙くん。私以外のものに見とれちゃダメ。火を放って燃やしたくなっちゃう」

「え？　パパ、浮気？」

……感動的な気分がすっかり失せたので、二人とも後で叱《しか》ろう。水戸先生が振りかえったので、俺は聞く姿勢に入った。

「あの鉄塔を越えたら、ダムの施設が見えます。山を下り、フェンスを越えれば施設の職員が見つけてくれるでしょう。そこへ逃げこんでください」

「わかりました」

「詠、ススキに隠れたら困るから私につかまって」

「はーい、ママ！」

振りかえる。特に誰かが追いかけてくる様子はない。急ぎましょう、という水戸先生の声を合図に俺たちはススキ野原に入ろうとし――

散弾が、横殴りの雨みたいに俺たちを襲った。

一瞬、何が起きたのかわからなかった。ただ気がついたら茜空《あかねぞら》が遠くに浮かび、俺は地面に倒れていた。首を動かして黒川と詠ちゃん、野波さん、水戸先生の確認をする。俺と同じように倒れてはいるが、そばにいるのはわかった。瞬間、いきなりお腹《なか》がかあっと熱くなってくる。う、とうめくと同時に口から何かあふれ出た。また吐いたのかよ、と思ったそれは赤く、どろどろしていた。

撃たれたのだ。お腹から何かあふれ出ていき、力も抜ける。

「槍牙、くん……」

「ママ！　ママ！　ママぁ！」

黒川と詠ちゃんの声が聞こえる。首を向けると、詠ちゃんにかぶさるようにして倒れている黒川が、うっすらと笑いを浮かべて言った。

「詠は、守ったわ……だから、大丈夫よ……」

「お前、撃たれたのか？」

さっきも撃たれた黒川だったが、かすかになった声音《こわね》からしてその比ではないダメージを受けたのではないかと思う。体をゆすって地面をはいずり、近づく。白い顔が余計に青くなっており、黒い服がしっとりと濡《ぬ》れていた。

野波さんも同じように近づいてきて、かすかな声で言う。

「……ススキ野原の中に、奴《やつ》ら、隠れていましたね。私は二発食らいましたね」

一発だけ受けた俺でさえこの痛みだ。野波さんはもっとつらいだろう。水戸先生だけが声を出さない。嫌な想像が脳裏をよぎる。

「パパ！　ママ、大丈夫なの？　ねえ、パパぁ！」

「詠ちゃん、ちょっと待って……いま、なんとか……」

「まだ起き上がらないでくださいね。いま起きたら、狙い撃ちにされますね」

野波さんの言い分ももっともだった。しかし僧侶《そうりよ》の怪物が追いついてくる気配がない。野波さんがぼそりと言う。

「村人が自力で排除に来ましたね。だからあの怪物も、気配が消えましたね」

願うのではなく、実行する。それは目的達成のためには現実的かつ確実でいい場合もあるけれど、いまの俺たちには厄介《やつかい》なアクティブさだった。

誰かが近づいてきた。俺たちにショットガンの銃口を向けているそいつは、昼食会で見た男の顔だった。名前は知らない。ぞろぞろと同じように銃を、あるいはクワや棒きれを構えた奴らに囲まれ、見下ろされる。

一人、しゃがみこんで俺の顔を見る男がいた。佐倉稿弐《こうじ》さんだった。

「お前らのせいだぞ。お前らが詠様を連れ出そうとするから、こうなったんだ」

「違う！」

きつい声がくぐもって聞こえた。黒川の下でかばわれている詠ちゃんだ。黒川の下からはい出ようとするが、黒川が抱きしめてそれを防ぐ。

「ボクが！　ボクが外へ出たいって願ったの！　だから、パパもママも悪くない！　お姉ちゃんも……先生も！」

「詠様！　詠様は騙《だま》されているんですよ！」

一人が言いながら黒川に銃口を定めた。撃たせまいと、俺は痛いのを無理やりこらえてそいつに飛びついた。射線がずれ、別の男に銃弾が当たる。

「このガキ！　てめえ！」

蹴《け》り飛ばされる。体が砕けて壊れるかと思うような痛みに体を縮める。詠ちゃんが俺のことを何度も呼ぶも、返事をしてあげられる余裕はなかった。

周囲の大人《おとな》たちは必要以上の警戒をする気はないようで「下手《へた》に撃つなよ」「さっきも仲間に当たっただろうが」「あとで詠様になんとかしてもらうから」などと話をしていた。

稿式さんが俺の頭に固いもの——おそらく銃の先端を押しつけ、言う。

「君ねえ。いい加減にしろよ。子どもだからってやりたい放題やってんじゃねえよ」

状況を打破しなければならない。いつ殺されてもおかしくない現状に、どんな方法であらがえるか。

答えなんて一つだ。

最悪器官の力で、あの僧侶の怪物を顕現《けんげん》させればいい。

しかしそれは、ためらわれる手段でもあった。最悪器官の力で呼びだすのは、村人の恐怖から生まれた怪物である。「殺される」という恐怖より生まれた怪物は、村人たちをも狙い、殺《あや》めてしまうだろう。俺にはそれが、ためらわれた。

「……よしなさい、佐倉さん」

絶え絶えのようなかすれた声がする。視線を向けると、水戸先生がゆっくりと立ち上がっていた。お腹が真っ赤に濡れており、顔はさらに年を取ったようにしおれている。

それでも、夕日の中で先生は立ち上がった。詠ちゃんが「先生!」と叫ぶ。

「あなたたちもです。恥ずかしくないんですか? こんな子どもたちによってたかって暴力を振るって……あなたたちの持っているそれは、人を殺せるものなんですよ!」

「知っているよ。殺すつもりでやってんだ」

誰かが野次を飛ばして笑う。水戸先生の顔はぴくりともしない。

「詠に寄りかかって生きる……寄生虫のような愚か者たちだ」

笑っていた奴の声が消える。水戸先生と接していた時間は決して長くはないけれど、こんなきついことを言う人ではなかったはずだ。先生が俺を、いや俺の隣の野波さんを見て表情を一瞬だけ柔らかくした。

「野波さん、等価交換です」

え、という声は野波さんの口からもれた。おそらく理解している人間はこの場に彼女以外にいないだろう。少なくとも俺には、馴染《なじ》みのない言葉だった。

「今朝《けさ》教えた禁じ手――『愚者《ぐしゃ》の結界』です。この村に張った結界の正体ですよ」

「先生！」

野波さんが起き上がりそうになったのを、ショットガンを持っている大人が小突いて寝かせる。さっきと同じように跳びたかったが、水戸先生の声のほうが早かった。

「やめなさい！　君たちは暴力を振るうことや、他人に責任を押しつけることしかできないんですか！　いい年をして！」

「先生。俺たちがあんたを殺さないのは、詠様との付き合いが長いっていうだけだ。これ以上調子に乗るなら、殺すぞ」

名前も知らない男の人が馬鹿にするように言って水戸先生のほほにぴたぴたと拳銃を当てる。水戸先生は眉一つ動かさずに言い切った。

「調子に乗っているのはどちらでしょうね。都会から逃げてきて、ここでの暮らしも、ちょっとの苦労さえ我慢できず、不可思議な力に頼って生きてきた甘ったれ共が、他人への責任転嫁だけは一丁前にやって。あなたたちのほうがよっぽど、慎《つつし》みを知ったほうが」

ごんっ、という激しい音で水戸先生は倒れた。先生の後ろに回っていた稿弐さんが銃の底で頭を叩《たた》いたのだ。さらに蹴りつけ、怒鳴《どな》った。

「ごちゃごちゃうるせーんだよ死にかけのジジイが！　おい、全員で痛めつけろ！」

「先生！　先生！　先生ェ！」

「先生？　どうしたの！　先生！」

野波さんの悲痛な叫びが響く。詠ちゃんも異常事態だと察しているのか、黒川の下からくぐもった声を出す。俺は考える。

どうしたらこの場を突破できる。何をやれば助かる。考えろ。俺に何ができる。俺は何だ。俺の持っている力は――最悪の、力が。

人を殺す、その力が。

「……人殺しなんて、できねえよ」

いまもっとも新鮮な恐怖――僧侶の怪物では、相手を止めるどころか殺してしまう。でも他の武器なんてない。覚悟を持つか、何もできないまま終わるのか。あと一歩の勇気が、覚悟が、出てこない。

「槍牙くん」

はっとした。黒川が詠ちゃんを守ったまま、青い顔をこちらに向けている。

「まだ残っているわよ。罰《ばつ》ゲーム」

「え……?」

にや、と黒川が笑った。

「ババ抜きで負けたじゃない。その罰ゲームよ。槍牙くんは私の言うことを聞かなくちゃいけないの。だから」

お願い。黒川がそう言って、さらに身を縮めた。詠ちゃんを強く抱いた姿勢で続ける。

「この子を、守りたいの」

黒川の目から一筋、涙がこぼれた。あんなにわがままで、強くて、滅多に泣かない黒川が——泣いた。

「……俺だって、そうだよ」

最初はふざけていたんだと思う。いつもの冗談だって。それでも詠ちゃんは俺のことをパパと呼び続けて、黒川がママと呼ばれて本当に嬉《うれ》しそうにして、だから。

このおままごとみたいな家族ごっこを、守りたかった。

開き直らない。仕方がなかったなんて言わない。すべて俺のわがままで、俺の意志で、俺の考えで、俺のために――

　最悪なことをしよう。

「……詠ちゃん」

　小声というほどではない。けれどいまは稿弐さんが水戸先生に悪口雑言《あっこうぞうごん》を浴びせている最中だった。他の人たちには聞かれないだろうと高をくくり、尋ねる。「え？　パパ？」と戸惑《とまど》う彼女に、俺は尋ねた。

「あの僧侶の怪物、名前とかある？」

「……名前？」

「うん。どうしても、必要なんだ」

　黒川の下にいる詠ちゃんは答えてくれた。

「先生から聞いたことがあるの。えっとね……屍骸《かばねむくろ》、っていう名前なんだって」

「黒川、そんな名前の怪異はいるか？」

「……いないわ」

　ありがとう、と黒川は礼を言い、ごめんなさい、と謝った。

「気にするなよ。だってさ、俺」

　パパなんだから。

恐怖を思いだすよりも、もっと確実な方法を取る。俺は、語った。
自分に——最悪器官に、聞かせるように。

昔、屍骸《かばねむくろ》という名前のお坊さんがいました。

彼は私利私欲に駆られて一人の少女を殺し、儀式に使いました。

そのことを咎《とが》められて死んだ後もなお、屍骸は亡霊となってさまよっています。

その少女を手中に収めようとする者を排除せんとして、巨大な怪異となって。

先の尖《とが》った錫杖《しやくじよう》をにぎって。

だから、その少女を独占すると。

彼に排除されてしまいます。

屍骸の亡霊は。

いまもなお、さまよっているのです。


唐突に、夕日が閉ざされた。夜になったのかと思うほど暗いその空には。

のっそりと、僧侶《そうりよ》が立っていた。

「……う、うあああああ!」

KaidanKanojo

誰が叫んだのかわからない。みんなが上空に向かって銃を発砲しはじめた。僧侶の怪物は一体ではない。恐怖の数だけ――だから、村人や俺たちと同じ数だけいる。

ただ一体だけ、錫杖《しやくじよう》が尖《とが》った奴《やつ》がいるはずだ。

「黒川ぁ！」

「ええ、わかっているわよ！」

最悪器官のことは俺たちしか知らない。だから佐倉さんたち村人は知らないだろう。知っていたところで、怪異に対抗する術《すべ》などあるまい。

俺たちは暴徒が怪異、屍骸《かばねむくろ》に向いている間に逃《のが》れる。水戸先生は野波さんが、詠ちゃんは俺と黒川が引っ張る形で包囲網を出た。黒川が暴れられるようにと、詠ちゃんを抱き上げる。涙でぐしゃぐしゃになっていた彼女は、黒川のものらしき血のりをべったりと貼りつけていた。詠ちゃんの頭をなで、頼む。

「もうちょっとだ。もうちょっとで逃げられるから、頑張れ。詠ちゃん」

「うんっ……頑張る！」

「黒川！　邪魔な奴だけ消し飛ばせ！　錫杖の尖っている奴は最後だ！」

「ええ、わかったわ！」

怪我《けが》した部分の熱は燃え盛る炎のようで、しかし痛みは麻痺《まひ》したかのように引いていた。

アドレナリンが出すぎるとわかりにくくなるのかもしれない。過去に大怪我したときも、無理やり動いていた自分を思いだす。

黒川を先頭にしてススキ野原に入る。後ろから迫る屍骸の怪物は多いが、今度の奴は不死性がない。外形は同じものでも、中身は座敷童子《ざしきわらし》を追いかけるだけの怪物だ。野波さんと水戸先生が互いの体を支え合いながら追ってきてくれる。

「パパ！　ママは大丈夫？」

「大丈夫。あのママはね、世界一強いから」

ススキ野原は入ってしまえば身を隠せる。黒川が怪物を一撃で葬《ほおむ》り去るのを見ながら、進む。ようやく野原を越え、山の中に入り、鉄塔のそばに到達した。

しめ縄《なわ》の下をくぐろうとして、黒川が何かにぶつかる。見えない壁があるかのように。

「……水戸先生。まだ結界があるわ。先生？」

黒川が振りかえり、俺も同じように視線を向ける。野波さんにおぶさるような形の水戸先生だったが、そこでがっくりと力を失《な》くしたように倒れた。

「先生！」

「先生ェ！」

野波さんと詠が叫ぶ。しかし水戸先生は空を仰《あお》いだまま、笑顔で首を横に振った。さっき何度も佐倉さんたちに殴《なぐ》られていたためか、顔は腫《は》れていた。

水戸先生は柔らかく、けれどか細い声で言った。

「斉藤くん。詠のことをよろしく頼みましたよ。それと黒川さん。詠ちゃんに変なことばかり教えないでくださいね。野波さん。あなたには、お城にあるすべてを差し上げます。よく勉強して、立派な霊能力者になってください」

殴られすぎてもうろうとしてしまい、こぼれ出たうわごとだと思った。けれど、薄く開いた目は確実に俺たち一人一人を見ていた。

「詠。君には本当に申《もう》し訳《わけ》ないことをした。けれど、ようやく答えが出たんだ。君をどこかに囲いこむだなんて、あまりに勝手だったと反省している。すまない。これからは、どうか斉藤くんたちと、一緒に……」

詠ちゃんが俺の腕から抜け出て、水戸先生にすがりつく。

「先生！　そんなの、後でいいよ！　だから先生、すぐ、結界をといて！　ねえ！　一緒に行こうよ。私、パパと、ママと、お姉ちゃんと、先生と、みんなで一緒に——！」

詠ちゃんの叫びに、水戸先生は笑って返すだけだ。まるでそんな、末期《まつご》の台詞《せりふ》みたいなことをどうして、と思っていると、野波さんが顔をうつむけてしめ縄の下に移動する。手を伸ばし、結界の見えない壁に触れて拳《こぶし》をにぎる。

何かを悔《くや》しがっているような仕草だった。

「……おい」

はっとして視線を向ける。屍骸から逃げてきたのだろう、銃も持たず、命からがらだったというような鬼気迫る顔で稿弐さんが立っていた。

「……返してくれよ」

「……何をですか？」

どさ、とその場に膝《ひざ》をついた稿弐さんは、そのまま手を地面につく。土下座《どげざ》になりそうな格好《かっこう》で、血走った目をこちらに向けて言った。

「詠様を、返してくれよ。なあ、俺たち、もう詠様がいないと、ダメなんだよ。なあ、お願いだよ」

頼むよ、と言いながら稿弐さんは本当に土下座をした。その姿があさましく思えて、俺はたまらず、叫んだ。

「ふざけんなよ……ふざけんなよ！　こんな小さい子どもに寄ってたかってすがりついて、また閉じこめるつもりか！」

「そんなこと言ったって、しょうがないじゃないか！　他の暮らしを知らないんだよ！」

頭を上げずに稿弐さんが叫ぶ。俺は詠ちゃんの小さな背中を抱きしめる。詠ちゃんはずっと水戸先生に言葉をかけつづけ、手が血で汚れても撃たれた場所を押さえて「先生」と叫び続けた。

その姿が痛ましかったこともあるかもしれない。俺は稿弐さんに怒鳴《どな》りかえした。

「大人《おとな》だろうが！　子どもにすがって甘えて頼って、生きてんじゃねえよ！　自分たちでしっかりしろよ！　詠ちゃんに背負わせるなよ！　あんたらがしゃんとしろよ！」

「うるせえなあ！　俺たちの自由だろうが！　俺たち大人はな、自由が保証されてんだ！　権利があるんだよ！　そいつに、化け物に養われる権利があるんだ！」

化け物。その言葉に、失神しそうなほど体が熱くなる。ぐふっ、と赤い血を吐いてしまう。パパ、と詠ちゃんが俺の顔を叩《たた》いて、首を横に振った。みじめったらしい様子の稿弐さんは、熱くならないで、という態度だったんだと思う。

何度も大きく呼吸を繰り返し、静かに言った。

「……頼むよぉ。な、謝るから。この通り、な、謝るから」

「謝ったらあなたの撃った弾丸が消えるのかしら？　あなたが槍牙くんや先生や詠におこなったことが、すべてつぐなわれるのかしら？　ねえ、あなた今度は何から逃げたいの？」

黒川がさげすむ瞳で稿弐さんを見下ろす。稿弐さんは何も言わない。

「逃げ続けて、逃げ続けて、ここに来て都合のいいものを見つけてむしゃぶって――あなたたちは私たちなんかよりもずっと子どものところで止まっているのよ」

「だからこうして謝って――」

「謝っても罪なんか消えねえんだよ！」

怒鳴ったのは、何故《なぜ》だろうか。自分の中に罪悪感があるからか。それとも怪物が現れたときに詠ちゃんが悲しそうにしていたからか。唐突に、先生にもまた罪の意識があったのだろうかと思った。

どれでもいい。ただ、俺たちは罪悪感を持っていたとしても。

謝罪すればいいなんて、甘いことは思ってはいない。

野波さんを見る。俺のせいで家族を失った彼女は、時折俺を責めることはあっても、謝罪を要求したことなんてない。そんなのは要《い》らないのだと、言外に告げている。

野波さんの手が、すう、としめ縄の下を通過した。はっと息を飲む音がして、黒川も振りかえる。結界がとけたのか、と思って水戸先生を見やった。

先生は、笑ったまま動いていなかった。

「……先生？」

詠ちゃんが異変に気づいて声をかける。だがもう、先生は何も言ってくれなかった。

「先生、ねえ、先生！　先生！　起きて！　外に行こうよ！　パパもママも、お姉ちゃんもみんな一緒だから！　ねえ、先生！」

詠ちゃんの叫びが響く。何度その胸を叩かれても、先生が詠ちゃんに返事をすることはもうない。誰の声も届かないところまで、先生は行ってしまったのだ。

黒川が静かな声で言った。

「平賀。あなたは知っていたはずよね。ええ、だからさっきから様子が少しおかしかった。先生もあなたも、ね。ねえ平賀。私の考えが合っているのなら――」

野波さんは何も言わない。ただ、うつむいてぶるぶると震えていた。

「先生を運んでちょうだい。弟子《でし》でしょう。その代わり、あいつらは私が潰《つぶ》しておくわ」

地響きが近づいてくる。詠ちゃんを狙って、俺がさっき即席で作った怪異たちがやってくるのだ。詠ちゃんが「パパ」と小さい声で俺を呼んだ。

涙で詰まり、がらがらに嗄《か》れた声だった。

「……お姉ちゃんと、先生と一緒に、行くね。後で、追いついて」

「……わかった」

詠ちゃんの声は、涙をこらえるかのように固かった。野波さんがこちらへ来る。俺は「お願い」とだけ告げて、うつむいたままの詠ちゃんを預けた。それから黒川に近づく。

いつもの桃のような匂《にお》いはせず、鉄錆《てつさび》のきつい匂いが漂っていた。黒川はなおもすがりつこうと近よる稿弐さんを殴って黙らせ、ふう、と息をついた。

「ねえ槍牙くん」

「なんだ」

「一緒にいてね」

「ああ、もちろんだ。錫杖の尖ったのを持った奴だけ倒してくれればいい。他の連中はおまけみたいなもんだ」

「そうね。ねえ、槍牙くん」

「何？」

「後で、胸を貸してちょうだい。槍牙くんの胸で、泣きたいわ」

変ね。この私が一日に二度も泣くなんて。

おそらく、詠ちゃんを「子ども」として扱ったときから、黒川の中で水戸先生の位置づけは特別なものになったのだろう。それは俺が少し望んでいた変化のはずなのに、どうしてなんだろう。

悲しくて、たまらなかった。

巨人の群れが近づいてくる。黒川が、日傘《ひがさ》を大きく振るった。

終章

裏を暴く彼女と幸せな家族のかたち

水戸麒一郎《みときいちろう》の葬儀《そうぎ》が終わった。

槍牙《そうが》くんはあまり元気がなかったので、私は家へ送るだけで長居はしなかった。

あの日、山を下りてダム施設に保護された私たちは、灯《ともり》の手配でバンに乗った零子《れいこ》に拾ってもらい、鷹夏市《たかなつ》へと戻った。あの村の結界は水戸先生の命と繋《つな》がっていたのだ。

つまり結界を外《はず》すには、水戸先生が死ぬしかなかった。

私たちを鉄塔のそばまで連れていったときにはもう、死ぬ覚悟があったのかもしれない。

「結論から言って、化野詠《あだしのよみ》は俺の目的を果たすことはできないんだよ」

神主《かんぬし》として葬儀を終えた灯は、普段着になって書斎でだらけていた。知人の、それも師であった者を弔《とむら》う役目はつらかったのかもしれない。

「詠は、運気を上げるわけではないものね。願いに応じて、物質的なものを与えるだけのものだもの。本来の座敷童子《ざしきわらし》とは、趣《おもむき》が違うかもね」

「まあ、それもそうだけどね。簡単に言えば、ガス欠なんだよ」

ガス欠？　と首をかしげると、灯は笑いもせず眉間《みけん》にしわをよせ、目を閉じた。

「その村の連中が酷使《こくし》したんだろう。たとえ犬神《いぬがみ》の作り方で神様もどきを作ったってね、無限に力を供給できるわけじゃない。だからいずれ、犬神憑《つ》きの家は没落《ぼつらく》するんだ。そもそも、あんな儀式をする理由がわかるかい？」

「……この世はすべて等価交換、という考え方からなるシステムでしょ。理不尽なマイナスには、どこかでプラスが発生して帳尻を合わせなくちゃいけなくなる。だから犬を、あるいは子どもを残酷《ざんこく》なまでに痛めつけ、憎悪を溜《た》め、それを奉《たてまつ》る。残酷な仕打ちというマイナスに応じて、プラス方向に働く力が生まれる。それが人工座敷童子の正体よ」

そう。だから嫌だったのだ。あの場所は。

歪《ゆが》みにまみれて、いずれ破綻《はたん》することが目に見えていたから。

「その通り。だからね、願いすぎれば力がなくなるんだよ」

「……水戸先生が最初、座敷童子を閉じこめたというのは」

「外にいて誰かの願いを叶《かな》えすぎて力が消えたら、彼女自身の存在も消えると思ったんだろうね。まあ実際、消えると思うよ。本来ならばね」

「いま彼女が生きているのは、槍牙くんの力かしら？」

その通り、と言って灯は身を起こす。だらけた姿勢だったのが、しゃんとしたものになった。鋭い目で、私を見る。

「最悪器官に触れていた。ただそれだけで、彼女は座敷童子じゃなくても存在している。夢乃《ゆめの》と同じでね、二十四時間以内なら離れても平気だが、それ以上触れ合わないと消える」

ぞっとする。昔、確かに槍牙くんは私を見失い、私が消えかけたことがあるのだ。詠にあんな恐怖も不安も、与えたくない。さっきの葬儀のときにしっかりと槍牙くんは詠の手をにぎっていたから、明日までは大丈夫だと思うけど。

「……詠は、ここに住んでいいのよね？」

「水戸先生にずいぶん昔、頼まれたからね。化野詠のことをよろしく頼むと。まあ、ちょっとばかり想定していた形とは違うけれど、約束は約束だ。うちで引き取るよ」

鷹夏神社にいれば大丈夫だ。槍牙くんは私に会いに来てくれるし、そうでなくても詠の状況を知れば努力は惜しまないでくれると思う。

いつもなら「詠を口実に槍牙くんを家に呼べる」なんて考えそうなものなのに、今回はそういう気持ちにならなかった。

「化野詠を小学校に行かせるかはまだ考え中だ。あの子は成長しない、できない。永遠に子どものままだ。だから座敷童子なんだけどね」

「ええ、いいのよ。永遠に私たちの子どもよ」

あの子が望んでいるうちは、どこへも預ける気はなかった。これ以上の移動は酷だ。私はさっき届いた夕刊を灯に投げつける。実父は片腕で器用に受け止め、その記事を見た。

「あなたが知らなかったわけがないわよね。座敷童子の物語を」

灯は何も言わない。私が語った。


ある夜、男が田んぼの様子を見に外へ出ると、提燈《ちょうちん》がゆれていた。

おや、誰か自分と同じように出てきたんだなと思って近づいた。

ところがそれは双子の女の子だった。

見ない顔だなあ、と思いはしたが、男は村の人にするようにあいさつをした。

「こんばんは」

「こんばんは、おじさん」

「こんばんは、おじさん」

双子は鈴でも転がしたような小気味のいい声をそろえ、同時にお辞儀をした。

「君たちは、どこの子たちだい?」

「○○さんの家」

「○○さんの家」

やはり声をそろえて答える。
○○というのはこの村一番の金持ちの家だった。
こんな娘さんたちがいたかなあ、と男は不思議に思った。

仮にいたとしても、こんな夜更《よふ》けに何の用事があるのだろうかといぶかしむ。
○○さんの家はお金があるので、自分と違って田畑を耕す必要はない。
「君たちは、これからどこへ？」

「××さんの家」

「××さんの家」

××という家は、反対にこの村一番の貧乏な人の家だった。
○○家の娘が、あそこへ何の用事があるのだろうかとさらに不思議が強まった。
しかし双子はやっぱり同時に頭を下げて行ってしまった。

男は田んぼを見てから家へと帰った。

それから何日も経たないうちに、○○家は潰《つぶ》れた。

反対に××家はみるみるうちにいいことが舞いこみ、一番のお金持ちになった。

ああ、あれは座敷童子《ざしきわらし》だったんだなあと、男は納得したという。

「有名な昔話だ。座敷童子《ざしきわらし》を語ったものを五つ挙げれば必ず入ってくる」

「ええ、そうね。そしてこの話から読み取れる要素は二つある」

一つは、座敷童子が福を呼ぶ怪異であるということ。そして、もう一つは。

「座敷童子が出ていった場所は没落《ぼつらく》する。それがこの話にこめられた、座敷童子のもう一つの顔よ。灯、あなたはこの結末を知っていたのかしら?」

新聞記事にはこう出ていた。

『時縣村《ときかけ》にて百人以上の死体が見つかる』

『村の奥には記録されていない集落があり、そこには三十代から四十代までの死体があった。ここ十年の間に行方《ゆくえ》不明になった者たちと見られており、警察は捜査を進めている』

「……人手を使ってあの場所へ向かわせた。夢乃たちの荷物もあったし、放置するわけにもいかないしね。しかしこれだけ死人が出ているなら公表しなくちゃならない。やむを得ず、そういう形に落ちつかせてもらった。だが、真相はわかっている。彼ら彼女らはね、互いに殺し合ったんだ。仲たがいでもしたんじゃないかな。座敷童子がいなくなったことで、集団の和も乱されただろうからね」

武器は山ほどあった。詠がまだ村の中にいる間、武装するために大量に願ったのだ。殺し合いをする程度のことはできただろう。

「水戸先生の部屋にある書類や書籍はすべて押収した。手紙があってね、結界術や怪異にまつわるものは野波小百合《のなみさゆり》に渡してくれという話だったらしい」

「愛弟子《まなでし》だったもの。いいんじゃないかしら。それとも灯は嫉妬《しっと》しているのかしら？」

「どうして嫉妬なんてするんだい。それにね、水戸先生は霊能力者同士の交流はあったけれども、弟子はついぞ取らなかったんだ」

「……灯は弟子ではなかったのかしら？」

「ちょっとは教えてもらったよ。でもね、あの結界術のすべてを知ろう、学ぼうとは思わなかった。だから弟子と名乗れないし、先生もそうは思っていなかっただろう」

託したのなら、野波さんが唯一無二の、水戸麒一郎の弟子なんだよ。そう言った灯の言葉にはうなずけるものがあった。平賀《ひらが》は確かに、結界術というものに対して非常に相性が良かったのだ。たった一晩でも、優秀な生徒だったのだろう。

平賀は葬儀に来ても泣かなかった。もう涸《か》れたかのような泣きはらした目で、終始無言だった。

「で、水戸先生の部屋の中に戸籍……というほど上等じゃなかったけど、名簿があったからね。それを頼りに確認していったが、どうやら生きている奴《やつ》はいなかったらしい。どういう順序でそうなったかは知らないが、全員が撃たれて死んでいたんだ」

「……その未来は、予想できたんじゃないの？」

座敷童子は、出ていった場所を滅ぼしてしまう。灯が知らないはずがない。

灯の目が、さらにぎらついた。

「結界の中に人がいても、そしてその者が滅んでもかまわないと思った。俺はね、そうまでしてでも座敷童子が欲しかった。目的を達成したかったんだ」

「……何を企《たくら》んでいるの？」

灯は答えなかった。隠し事が多いのは昔からだ。ただ一言だけ、つぶやいた。

「世界で一番愛する者のためにだよ」

私の母、夢《ゆめ》にまつわることか。あの人もまともな生《お》い立《た》ちではない。一時期は怪異だったという話は聞いたことがある。何か、問題を抱《かか》えているのだろうか。

「私は手伝えないの？　今回みたいな、隠し事をしたような状態じゃなくて」

もっとちゃんと、事情がわかった上で。

「……手伝ってもらうときは、頼むかもしれない」

歯切れの悪い言い方だ。これ以上は追及しても教えてくれないと思ったので、私はそのことを一旦頭から切り離す。槍牙くんには絶対教えられない話だ。なるべく忘れるように心がけなくてはならない。

ただでさえ槍牙くんはあの集落でのことを気に病《や》んでいるのだ。これ以上のショックは与えたくない。

「ところで夢乃。屍骸《かばねむくろ》、という僧侶《そうりよ》があの座敷童子をつくったという話だが」

「ええ、そうよ。灯、知っているのかしら?」

「まあ、彼は有名だったからね。荒稼ぎしていたたし、水戸先生の遺《のこ》した手紙では二十年前に死んだとあったんだがねえ……う一ん、まあいいや。多分、大丈夫だし」

これも隠し事にするつもりか。確認しておいて勝手な男である。やっぱり槍牙くんみたいにある程度考えていることが顔に出るほうが可愛《かわい》げがあるというものだ。槍牙くんが私に隠し事をしているのも、ちょっとなら可愛いかもしれない。

浮気や女のことなら許さないが。確実に相手を殺してやる。

「とりあえず言いたいことはだいたい言ったのだけれど、何か訊《き》きたいことはある?」

なければ行くべきところがある。灯は首を横に振った。

もう、この事件は終わったのだ。残ったものは、私たちの子どもだけ。

……いつか、本当の子どもが欲しいけど。

あと二年の間にというのは、無理かもしれない。

部屋を出る。左腕から『黒龍《こくりゅう》』の声がした。

『なー、お嬢。ちょっと質問なんだけどよ』

「何かしら」

『子どもってさ、可愛いか?』

「可愛いに決まっているじゃない。詠はいい子よ。いえ、いい子じゃなくても槍牙くんが可愛がっている子どもとくれば、これは私も可愛がるべきじゃない。夫婦なのだから」

『いや、夫婦ではなくね?』

私と槍牙くんが互いをよきパートナーだと思っていればそれで夫婦だ。法律なぞ知ったことか。事実婚というやつである。

『ふーん。じゃあ、世界一か?』

「私の世界一は槍牙くんよ。でも、詠に何かあったら許さないわ」

世界一。はて、さっき灯との会話でそんな単語があった気がするのだけれど。

まあいいか。

廊下を進み、自分の部屋の前を通り過ぎる。その隣が、目的の場所だった。襖《ふすま》なのでノックはできない。「入るわよ」と声をかけ、中から「はーい」という声を聞いて、私は入室した。

十畳ほどの部屋には、まだ物が少ない。広々とした空間の真ん中に布団《ふとん》を敷き、彼女はそこに寝転んでいた。パーカーとパンツルック、あるいはワンピースという姿が多い彼女だったが、この神社の中では白い和装が定番となっている。また色々と着せてあげたいものだ。私のミシンがうなる日も近い。

真っ白い髪。小さな体。あどけない顔。苦笑《にがわら》い気味に、微笑《ほほえ》む。

「ママ。どうしたの？」

「いえ、何でもないの。ただ、ちょっと顔を見に来たのよ」

一緒の布団に入ってもいい？　と尋ねると、詠は大きくうなずいて布団を開き、横を開けてくれた。寝間着ではないので服がしわになるけれど、気にしない。私たちは小さな布団の中で身を寄せ合った。詠の体は本当に小さく、私にしがみつく感触は微笑ましい。

「ねえママ。パパとは同居しないの？」

「パパはまだ照れているのよ。大丈夫、浮気なんてしないもの」

すっかり私と槍牙くんの呼び方が板についてきた。今度学校に詠を連れていって周囲にも知らしめたほうがいいかもしれない。私と槍牙くんがいかに強固な結びつきを持った夫婦であるかを。

私は詠の頭をなでる。真似《まね》して、詠も私の髪を触《さわ》ってきた。

「ママの髪はいつもさらさらしているね」

「ええ。後でママの櫛《くし》、貸してあげる。髪の毛もすいてあげるわ」

「わーい」

無邪気に私の胸元に顔をうずめる。お風呂のシャンプーとコンディショナーも教えてあげて、使っていいからね、と言うとさらに詠はくすぐったそうにして笑い、喜んだ。

「そうだ、パパに電話してみましょうか」

「うん、そうだね」

早速スマートフォンを操作し、槍牙くんへと繋《つな》ぐ。一コール目で出た。

『どうした？　黒川《くろかわ》』

パパよ、と詠に渡す。至近距離なので会話はこれでも聞こえるだろう。

「パパ、私ー」

『ああ、詠ちゃん。どうしたの？』

気のせいだろうか。私のときと比べてすごく声音《こわね》が優しい気がする。いえ、きっとお葬式で疲れているのだけど、詠には心配をかけまいとして頑張っているのね。素の自分をさらけだしてくれるのは私だけ、というのは嬉しかった。

「あのね、ママと一緒に、パパが何をしているかなー、って思って」

『家に帰ってきて、ちょっと休んでいた。もう今日はご飯食べてお風呂に入ったら寝るよ』

わりあい素直に槍牙くんが応じる。貸して、と今度は私が通話をする。

「それじゃあ私たちも、もう数時間ほど槍牙くんのことを話し合ったら寝るわね」

『……詠ちゃんが疲れるからほどほどに』

ちょっと刺々《とげとげ》しい口調だった。何故《なぜ》だろうか。

あいさつをしてから電話を切る。枕元に置き、私と詠はまた互いの髪をいじったり抱き合ったりして遊んだ。あ、そうだ、と思いだす。

「そうだわ。詠にプレゼントがあるの」

「え？　なーにー？」

「実はパパね、ママにトランプで負けたからあと一回だけ言うことを聞いてくれるのよ。その一回を、詠にあげるわ」

「わーい！」

そんな会話をしているうちに、やがて詠は眠った。お葬式のときに泣きすぎて、疲れていたのだろう。私が来て槍牙くんとも話をしたから気がゆるんだのではないかと思った。

私も詠の白い髪にそっと鼻先をつけ、目を閉じる。

槍牙くんがいてくれたらいいのに。ここに槍牙くんがいて、詠ごと抱きしめてほしい。

それはいつの日にかと願った、未来予想図だ。

大人《おとな》になれないまま終わる私が背伸びをした、早すぎる親子の姿である。

二年後に死んじゃうのと槍牙くんに言えば、来てくれるだろうか。いいえ、そんなことをしたら、槍牙くんは好きだからではなく、優しさゆえに願いを叶《かな》えてくれる。私はきちんと愛情で、抱きしめてもらいたかった。

『お嬢よー、お嬢？　聞いてねえのか……』

左腕の声には何も言わない。反応しない。

頭にふっと、水戸先生の顔が浮かんだ。あの日、雫子たちと合流する前に槍牙くんの胸で、私は泣かせてもらった。あのときの匂《にお》い、感触、熱、槍牙くんの優しい手。すべての感覚がよみがえる。

私も多分、泣き疲れたのだ。顔で泣いたのは槍牙くんの胸の中だけだけど、心はいつも泣いていたと思う。先生は、詠の保護者だったのだもの。私や槍牙くんと同じ場所にいた、先達《せんだつ》だったのだ。

そのまま、眠る。

槍牙くんがあの日、願ったように。

詠の幸せを願って。


『お嬢よぉ、多分だけどお前の親父《おやじ》、俺のことを切り離そうとしているぜ』

『でもなあ、あの爺《じい》さんの結界と同じなんだから、やめたほうがいいと思うんだよ。俺ぁ』

『あの爺さんが死んだら、結界が外《はず》れた。逆に結界を外したら、爺さんが死んだ。二つはよ、リンクしてんだ。繋《つな》がってんだよ。だから』

『そんな手があるのか知らねえけどよ、俺のこと外してみろよ、お嬢。そしたらさ、お前も一緒に死んじまうんだぜ?』


誰かが喋《しゃべ》っている。槍牙くんの声でも詠の声でもない。

だから私は、聞かなかった。

ただ、祈るように眠り続けるだけだった。

KaidanKanojo

あとがき

Atogaki

前作から引き続きましてこんにちは、永遠月心悟です。

まずは本書『怪談彼女3 ～座敷童子～』を手に取っていただき、ありがとうございます。

今回もたくさんの方の助けや応援があって出版することができました。このまま息の長いシリーズになれるように今後も頑張ります。

座敷童子という怪異はいつごろからかメジャーな存在になり、幸福を呼んでくれる怪異として広く知られた存在となっているのではないかと思います。

しかし座敷童子には子どもの姿でなくても「家の中にいる奇々怪々なもの、現象」を含むという考え方もありまして、「家の中に誰か(何か)いるな」とみなさんが思ったらそれも座敷童子の一種と言えるかもしれません。

先日、我が家にある仏壇の鈴がいきなり鳴ったことがあります。家族が誰か鳴らしたのかと思ったのですが、そのとき仏壇のそばには誰もいませんでした。まだ新しい仏壇で父しか入っていないので、母と「お父さんが鳴らしたのかもね」という話になりました。ある意味ではこれも座敷童子と言えるかもしれません。

続きまして謝辞を。応援してくださる家族や友人、知人、そして読者のみなさまのおかげでここまで来られました。ありがとうございます。次の巻も出せるように頑張ります。

今回も大変ご迷惑をおかけしましたJUMP j BOOKS編集部のみなさま、本当にありがとうございます。多大なお力添えをいただきました。厚く御礼を申し上げます。

『怪談彼女～てけてけ～』を期間限定で連載してくださったジャンプ＋編集部さま。連載陣の末席に名を連ねることができて嬉しかったです。本当にありがとうございます。

ミウラタダヒロ先生。今回も美しいイラストを何点も描いていただき、誠にありがとうございます。またジャンプホラー小説大賞の広告を見るたび、本当に素晴らしいイラストを描いていただけたとしみじみしております。感謝の言葉をいくら連ねても足りません。

我が家の座敷童子、お父さん。たまにでいいのでまた鈴を鳴らしてください。

そしてこの本を手に取ってくださったすべての方。本当にありがとうございます。より面白い小説が書けるよう精進いたしますので、今後もどうぞよろしくお願いいたします

それでは。

二〇一五年　冬

永遠月心悟

✕ 永遠月心悟(とわづきしんご)

長野県出身。
ジャンプ小説新人賞'13Spring小説フリー部門で
『怪談撲滅委員会』で金賞受賞。
同作を改題した『怪談彼女～てけてけ～』でデビュー。

✕ ミウラタダヒロ

2011年、『ジャンプNEXT!』にて読切り『ふぁみドル!』でデビュー。
2012年、『週刊少年ジャンプ』にて『恋染紅葉』で連載開始。

初　出 ✣ 本書は書き下ろしです。

怪談彼女③
〜座敷童子〜

2015年3月9日　第1刷発行

著　者 ✣ 永遠月心悟
画 ✣ ミウラタダヒロ
装　丁 ✣ 浅見ダイジュ（Local Support Department）
編集協力 ✣ 長澤國雄
担当編集 ✣ 六郷祐介
編集人 ✣ 浅田貴典
発行者 ✣ 鈴木晴彦
発行所 ✣ 株式会社 集英社
〒101-8050　東京都千代田区一ツ橋2-5-10
TEL 編集部 03-3230-6297
読者係 03-3230-6080
販売部 03-3230-6393（書店専用）

印刷所 ✣ 中央精版印刷株式会社

ISBN978-4-08-703348-9 C0093

Kaidan Kanojo